Julien Gracq
Carnets du grand chemin

路

【法】朱利安·格拉克 著
刘静 韩梅 译

 华东师范大学出版社

华东师范大学出版社六点分社　策划

朱利安·格拉克(Julien Gracq, 1910-2007)

对这条漫漫长路的纪录汇成了这样一本书。这条路穿越并串联起这片大地的风景。这条路是梦想之路，更是回忆之路，有我的，有大家的，甚至有最久远的回忆：历史。这样说来，它还是一条阅读和艺术之路。我的性格存有两面：对未来的预测和对过去的回忆。我似乎从未曾离开过这个思维的世界。在这本集子中，我尝试了与《首字花饰》不同的做法，集中各类本质互不协调的笔记，给它们一个阅读秩序。即便结果并不完全令人信服，我也会感到欣慰。我确信所有这一切在每段文字中都会有所映射，而且这些整理分类后排列得还不那么糟糕。

朱利安·格拉克

索罗涅（Sologne）的村庄看上去经常是一样的，就像消逝在记忆中的城堡的附属品，外表考究，干净整齐。单层的小房子，有些全部用砖砌成，有些不是，但所有房子的门框的框架都是用砖砌成的。房屋正上方有狭窄的腰线，尖顶山墙上板岩制的屋顶好像一顶无边软帽盖在眉毛上方。马路与人行道似乎总是扫得很干净。没有家畜棚，没有谷仓，甚至连鸡棚也看不到（这有什么好？如果那些野鸡沿着羊肠小道悠闲觅食的话），没有任何家畜，没有染尘或肮脏之所。但时常可见一些围起来的小花园，开满了鲜花，一圈花边——矮牵牛，天竺葵——镶嵌在墙壁与屋顶的接缝处。在这些村庄的街上，很少能碰到过往的行人，它们不像喀斯或高尔比耶尔撒空后的村庄，说不上是被放弃或被抛弃。它们更像在进行一项隐秘的活动，避开那些堆建房屋的地方，从日出到深夜静悄悄地流动于森林、田野以及包围它们的荒地之间。有时我会觉得正在穿越一个执拗的、谨小慎微的村庄。在参加游击队、关闭店铺前，人们重新粉刷了墙壁，用力擦净了铜器，冲洗了街道。这些较其他地方更为神秘的村庄，透出乡村的典雅与略带高傲的明快。刚一进入，我就不由自主地想看到高高在上的猎物围栏，却只见孤零零的猎场。猎场已经不再是贵族的领地，只是面对定居此处的庄稼人，它依然强撑着持有武装的游牧民族的傲慢：这种贵族暴力活动的幽灵，不能彻底沦为平民。这让这些贫困的村庄仍然保持着我无法形容的、自持身份的样子。

* * *

柏树：带着激烈的抗议，粗暴地入侵了这个女性特有的、歇斯底里的、疯狂躁动的坚固世界。树叶和枝杈每时每刻都被风吹得骚动不安。这里的一切都是宁折不弯的代表。枝杈贴向树干，如一把束紧的雨伞。树的顶端牢牢连接在一起，就像一支用胶紧紧粘在一起的画笔的毛。果实已经矿化，有一种化石般的硬度，这使人想到在缝合处裂开的足球球片，只不过这里散落的碎片都长出了爪子，任何力量都无法将它们分开。

* * *

我曾在胡斯与阿蒙森林间穿越汝拉山脉的山谷，这是我所知道的最美的山谷。它缓缓地向蓝灰色的远处延伸，直至国境线以外。茂密的云杉林形成清晰的边界，隐约闪着光，似花边一般装饰着边界两侧的山坡。缓缓的斜坡，发光的绿色牧场。汝拉山区的房屋念珠般散落其间，灰白色略显笨重，但我却喜欢砖石中透出的庄重和不带任何讨好的粗糙，我尤爱这置身安逸之中、清新鲜活的简朴。安逸来自封闭的山谷,温润的草地,家畜脖子上的铃声和刚刚刨下的木屑的清香。这儿就是一幅美丽至少完全透着幸福的画卷,令人瞬间只想生活在这里。阿蒙森林因其沿着山谷成立方形的播种,已经不只是小拇指留下的从山脉到围困他的树林的标记了,它还是一座庄重灵巧的小镇,它将自己的成就隐藏在了木棚的墙后:它的杯形纹饰并不大,但它却为之自豪;这个杯子(村口的一枚盾形纹章自豪地透露出)是高品质奶酪的云杉木盒的中心之杯。

* * *

九月的清晨,闪烁着温润的光,前晚暴风雨袭来时,我正穿行于喀斯与加沃尔之间,在从福迈尔去佩里格的路上。沿路一段狭窄的山谷,像是来自失落的伊甸园。一路上,没有房屋,没有农场,只有一大片高大的树林以及树枝卷曲的小胡桃林,衬得水流经过的草场仿佛凹陷下去一般。天色刚刚放亮,在那长长的几近蓝色的倒影下,一片片草坪以及繁茂的树叶是如此地引人入胜,以至我惊讶于没有看到沿途向后飞逝的公园的白色围栏。在一条偏僻小路的转弯处,最陡峭的山坡上,树木形成的帘幕突然打开。一座座房屋组成的小花坛,高高升起绽放于蔚蓝的天空中:由于城中带有拱廊的房屋有点让人联想到佩里戈尔和头顶着一座美丽山峰的阿布鲁佐,这座紧凑、悬空、似花束在树木上方舞动的小城就更像是海市蜃楼的幻境了。被黑色佩里戈尔森林封闭起来的这片美丽的地方叫做拜尔维斯,它让从它延伸出的屋顶平台都叫这个名字。令人高兴的是,它知道适时避开大路,投向这条白色的小路,这将平台上的花园划分成不同的层次,绿草如茵的小街将其围在中间——为了在十点的阳光下,在阴凉的咖啡馆里小坐片刻,咖啡馆位于满是拱木架搭成的小海湾,在它那月桂木做成的柜台后是如此清新湿润的小广场!

*   *   *

公路蜿蜒穿行于高低起伏的森林间,突然变成了由一条激流的河床铺就的乡村小路。为了抵御厚厚的积雪,村里房子的屋顶都盖上了防雪的面板。谷仓形似方形树干,可以透光。溪流在从主街延伸出的小街间潺潺而过,位于主街的锯木厂散发出清新木材的香气。这个村庄沿着树木繁茂的山谷谷道延伸,仿佛是通过对森林灵巧的采伐和选择拓展出的一片天地:这就是拉布图瓦。它坐落在孚日山脉阿尔萨斯境内的山坡上。

*   *   *

吕塞尔内笼罩在黑色的暴风雨下:黑色是山,黑色是墨湖;暴雨已经过去很久了,暮色中,岸边的林荫道在闪电弧光的映照下显得格外繁茂,雨水从树上沉沉地滴落下来。右边,泛着油光的河水在堤岸与水上餐馆间汩汩作响,人们在餐馆的灯光下吃着晚餐;左边,高大的拱门映衬在游乐场和豪华旅店篱笆墙的灯光下,树枝敲打着旅店。旅店要比圣-苏尔皮斯教堂的悬空拱廊更为宽阔——对面是大理石台阶、青铜大烛台、威尼斯吊灯以及波浪形的红色丝绒窗帘,就像舞台上的大幕一样。大理石台阶、烛台、吊灯和窗帘,所有这一切都令人惊讶地出现在一座宏大却空旷的住宅中。这里几乎见不到人；空旷向四下蔓延，令人窒息，面积如此之大以至于我们觉得它落满了灰尘，就像在电影《去年在马里安巴》的序幕中，镜头滑过一串搬空了的客厅突出的那种空荡一样。这并不是骄傲却不实用的豪华旅店或看似豪华的避难所，而是它们幽灵般炫耀的舞台和剧院。进一步设想，由于戏剧的苍白与活动，在这些引起轰动的教堂前广场，沿着悬挂红丝绒帷幔的围墙，与1980年的世界没有也不能有任何关系：这是男高音德雷兹克，那时他还在绘制香烟盒的纹章，这是隐姓埋名的奥地利大公怀中与卡鲁索或夏利亚平同时代的女歌唱家，这是巴拿马金融危机前夕热纳市银行家的花边衬胸，这是维耶热国王蓝色的有肋状盘花纽的短上衣或——离这儿不远处，在一个瑞士境内的湖边码头上——孤独女皇。

* * *

有些回忆已经模糊，只还记得些纹章。有时与某些一看而过或是沿途路过的地方有关，两三个标志性的特征就能充分将它们表现出来，例如城门上方垂直分成两部分或最多算得上纵横四等分的盾形纹章。在记忆中桑塞尔没有什么纹章，只有我们在昂尔希蒙公路上离它远去时看到的完美全景：那里满是长满葡萄的绿色山丘，由低至高颜色逐渐变化，加上鳞次栉比的玫瑰红房屋组成的城市，仿佛一颗嫩芽。

* * *

我喜欢驾车懒洋洋地行驶在西班牙的二级公路上，这些公路穿行于一片片夏天采摘后留下的荒地之间,坑洼不平,却散发着香气。其间,行驶数里也不见一个村庄。特叙埃尔与阿尔卡尼兹之间的公路蜿蜒绵长,我开了足足有一个上午。连接西亘扎与索利亚,从布尔高斯到老格若诺的公路也是这样。我在托尔托萨的西边驶过了一段位于小山之间曲折的环形路,易北河三角洲的上游也穿流其间。在这些热得吱吱作响的公路尽头,我发现了阿尔卡尼兹,一片如此清凉的地方,就像一口阴井或是老格若诺拱廊下的平台,甚或一杯利奥哈红葡萄酒,犹如在外海航行数小时后中途停泊。低矮的小山上,植物爬满斜坡,仿佛长了爪子紧紧地抓住地面。一片灌木林已经快被完全烤焦了,呈现出短而卷曲的样子,但这里闻不见科西嘉常绿灌木林令人眩晕的香气。从高度上看,比起荒原,它们与嘉克西矮橡树更相近。这些冬日橡树焦黄焦黄的,仿佛被喷射的火焰烧过,忧郁地站在阳光下,满树都是干枯低垂的叶子。

在重组并简化了的记忆中,西班牙除了这些坎坷不平的羊肠小路外就只剩下一种公路了:高原上的大道。这些高原山峰连绵起伏,景色就像月球表面那样荒凉。由于我们是在光秃秃的土地上行驶,而高原光秃秃的脊背如大山一般俯视着远方,阳光到这里似乎都变短了。从瓦拉多利德到萨拉曼卡的公路两旁,布满灰尘的台地好像一块旧地毯,丝线有时是狮子的颜色,有时又是绵羊的颜色——从阿维拉到塞哥维亚之色。那里教堂戴着一顶沉甸甸的主教帽,在60多公里以外,比远处蓝灰色的山峰还要高。长而平坦的山谷,已经被我身后落到地平线下的烈日点燃了。在卡拉达于得与特叙埃尔间山谷重又变得平坦起来。

西班牙高原的寒冷我至今记忆犹新。记得那一夜,我从索利亚出发，路上找不到开着的旅馆，一直行至萨拉高斯的马德里的大路上，才在一家刚开的路边旅馆找到栖身之所。一阵极地的寒气沿着高原的斜坡顺畅地奔下来，丝毫没有减弱，在八月底的深夜吹动着寒宫般的冷寂。更刺骨的寒冷来自四面由石灰墙和黑色橡木梁搭建起来的休憩之地：就像僧侣锤炼意志时经受的严寒一样，它一直刺入心中，浸透了故土上这座名叫"圣地亚哥主人"的房间。

*　*　*

阿亚克修：阿利雅得海滩。早上我驾车离开了城区，将营地设在海滩的一个小酒吧里。在沙滩上，一把小遮阳伞下，我吃了一顿毫无准备的午饭。虽然四周似乎热得都能发出胡蜂般的嗡嗡声，烤鱼和水果却是鲜美无比。屋里的电唱机从早到晚唱个不停，但反反复复就是那四五张唱片，每换一次，就像伦敦电影院放映结束时要奏国歌一样，都会照例响起蒂诺罗斯①的《阿亚克修人》：

让他在家中接受庆祝
光荣的回头浪子
拿破仑！拿破仑！

天气始终如一地晴朗。早上刚过七点，我走出房门就感到干热令街道都在震动：在炽热的银光下，整整八天，一天一天仿佛被缝合在一起，几乎没给清凉柔美的夜晚留下任何

_____

① 法国歌手兼演员（1907—1983）。（本书如无特殊说明，均为译者注）

短暂的间隙。一到海边,我就迫不及待地脱光衣服跳进海里,带着无限的好奇心探索澄澈深海中的动物与植物:潜水面具还很新;我们在烤炉般的沙滩上刚被烤干,就又跳入海中。当我浮出海面,倒空耳朵里的水,水面上一个细弱的声音持续地从远处飘来,就像特拉法尔加用歌声在复仇:

> 拉那,穆拉特,智囊团
>
> 拉那,穆拉特,智—囊—团

下午快要结束时,山后的天空渐渐变成白色,海湾另一侧的山脉朝西南方倾斜隐去,但炎热始终占据着山丘和大海。我又重新感到了厌倦,但却没有对阳光、鳞波和清凉感到厌烦。耳边不再回荡《阿亚克修人》的歌声,我无意中听到"阳光科西嘉"这个名字。它诞生在圣母升天节那一天,在光与热极盛之时:这已有整整一周的时间了,"拿破仑时代"光荣的一周①。

一片干燥荒芜的碉堡攻势的军事场所在高登丁东北沿岸浮动。那里,树木已经被采伐干净,只剩下地面短短的一截木桩,就像城堡的前沿地带一样。在巴尔弗洛尔坚实的教堂四周,在被呼啸的狂风吹得光秃秃的大街尽头,就像被风吹断的桅杆一样,我的眼睛不情愿地寻找着沿海炮台的挡土墙、护墙以及土堤。它们冰冷干燥的线条使海平面显得愈发突出和坚固起来。我愿见到的是圆炮台而不是被西北风削平了的这片寸草不生的平台,到处只留下一些辛酸的高低残骸,好像用石

---

① [法文版注]纳粹德国时期,人们称国家社会主义分子的节日为"希特勒时代",它被看作是永远阳光灿烂的。

块堆砌而成的圆锥体,它标志着这里曾是圣-瓦斯特的堤坝。所有一切都暗示:沿着一些沉船的防水层,巡逻、警戒和信号存在着。这是一个标志着海洋财富和灾难的地方。

战争刚刚结束,我骑着自行车来到圣-瓦斯特,穿越萧条的海边大道,顺着通向港口、平缓的下坡路,我发现了一个隐藏在街道深处的小旅馆。寂静的院墙四周爬满了未经修剪的葡萄和紫藤。巴尔弗洛尔沿岸寒冷的雾气散去之后,天空突然放晴。这里虽不起眼,夜晚却温和舒适,宁静并令人愉快。那些讨人喜欢的宿营地很少有空着的,一小股热浪在我的心中掀起波澜:在我的记忆中,法国地图上依然布满了这些令人愉快的小旅馆。它们是夜晚的劳顿和运气无意中带给游人的,许多年后仍然向我会心地眨着眼睛:无忧无虑的漂泊中,这晚间的幸福很快降临,又很快消失,但仅仅这几小时就会让我像一个重归故土的流放者一样感受到无法形容的愉悦。

＊　＊　＊

瓦莱斯皮尔:这大概是用我们的语言给山谷起的最美的名字了。它在辞源学上的含义(vallis aspera:严寒的山谷)已经完全消失在词汇的浪漫优雅之后。叹息山谷,但并不是"流泪山谷":它更是一座爱的叹息山谷。

我曾两次穿越它,在记忆中,那里有不讨人喜欢的多石子的土地以及树冠发育不良的、卷曲的橡树,这就是它的全部风景了。它名字的魅力却足以让我忽略了这些。这条孤独的裂缝不通向任何地方,就像一根扎入岩石、有生命的小刺,如海湾被悬崖拦截一样,被高山封堵起来。我记得,在过了阿尔勒后，有一条沿着泰克河流被毁坏的、千沟万壑的公路，到处都是裸露的岩石和小碎石，就像为一段正在修建的公路运送石料。随后，山谷在高处变得开阔起来，突然通人情了。一块绿色的手帕展开，露出清新的帕德莫罗草坪。公路在谷壁的阴影下、在梧桐树荫下向前行进。迎面一座巨大而孤单的拉帕斯德温泉浴场，堵住了两道谷壁间狭窄的山谷缺口，就像一座旅馆的地堡。

这个小山沟丝毫不能让人联想到紧挨着它的康福朗。那里陡峭山坡的每一侧坐落着一个接一个的村庄，房屋连成长长的一条线，屋顶都被加高了，同巴黎圣马丁大街上的屋顶一样，朝向路易山峰的出口前是一片开阔的通风土堤。那儿，空地一直向远处延伸到头顶那么高，站在高处可以看到远处升起的卡尔利特山顶上的白雪。就像昂德的阿尔蒂普拉诺火山一般，它将瓦莱斯皮尔封闭并孤立起来的，与阿尔卑斯山白雪皑皑的世界屋脊城堡间的护墙，或加瓦尔尼悬崖的阶梯不同：它与其说是高高的山坡，还不如说是阻断焦土的岩石上冒出的炎热的震荡，和烧焦的荒地伸出的饥渴屏障。要想重新找到这种被太阳囚禁的感觉，需要向南方走出很远。那里格尔多斯山焚烧的、弯曲的树丛中依然存于尔德山谷焦枯的困倦，那些城堡墙面都未经打磨，杂乱地出现在火球般的天空下，几头迷路的驴子在这中午的火炉里，如醉汉般在路上蹒跚而行。

*　　*　　*

多来纳的黎士留。红衣主教曾住过的小城，其破旧让人联想到1962年后居住了众多北非阿拉伯人的欧洲阿尔及尔的破败。主街上,路易十三时代的独幢小楼那宽敞的窗户足有3.5米高,都被水泥板或上或下挡住了一半,这些挡板试着将小楼布置成现代优雅的小套房的样子;还有些房间后来被改造成兵营。没有窗帘,这些房子巨大的彩绘玻璃窗未加改动:窗户有着非常明显的大纱窗帘的尺寸,这种窗帘在任何一家超市都买不到,宽敞的拱形门廊朝向街道,从那儿朝里看,我隐约见到迷宫般排列的院落、坡犀、丁烷瓶形状的房子和兔子窝。这里就像重新居住了夏获尔人的圣日耳曼通向贫民窟的市郊;现代人居住环境的污秽局促在这个住满擅自占用空房的小资产阶级的贵族城堡中,在沦为远古时代住宅的内部淋漓尽致地表现出来。

* * *

萨莱尔丹到苏兰的公路,路边的壕沟里种满了轻盈的柳树和柽柳,一树绿叶随风摇动,仿佛为公路缀上了花边。一阵凉爽强劲的海风吹过,树影摇曳,海面上浮起一层泛着绿色、玫瑰色银光闪闪的泡沫;现在是晚上六点钟,巨大的海浪拍打着岸边;天空被风刮得一尘不染,一轮刚刚露面的太阳照耀着绿白相间的、像浅黄褐色毛毡一样被烤黄的沼泽:所有一切都闪着光、摇动着,清澈中带有咸味,透出粗野的活力,轻快地你拥我挤。如同重拳下马匹飞奔时随风飞扬的马鬃,如同被风掀起的骑手的衣角。岸边奏响了节日的礼炮,彩旗迎风飞扬,伴着凌乱飘散的树叶,整个村庄的人高兴地手舞足蹈,将帽子扔过磨房顶。

最后几阵强烈的西风过后,每当我走在洒满阳光的路上,总会被这片欢乐的地方带动起来。西风用它特有的标记为整个地区画出了声嘶力竭的一天,每个地方、每片风景都印上了自己的标记以及自己独有的配器,或豪华或朴素:这些天我们穿越这片乡村,就如同在国庆节这天穿过一样。

* * *

奥尔南:所有的房子都挤到这条小河边饮水。河水无比清澈,水流冲刷着光洁、密长的水草,同坎佩尔桥下奥德河边的水草一样。卢阿是威尼斯水流湍急的主街道,那里所有房屋都面对面而建;侧面的小街只通向贮藏室、库房或者花园不透光的墙。卢阿河水湍急,但无声无息,省去喧哗,只是保留了山间激流粗糙的轻微颤动。

库尔贝①的故居建在河流与小街之间。这是莫泊桑笔下的一座名人豪宅,壁炉上方的墙上都镶有镜子,还有放床的凹室,到处是——在房间昏暗的光线下,就像一座低垂眼帘、观察着一个家庭悲剧之秘密的房子——这些打破传统习俗的不肖子孙的绘画作品,或者说物证,甚至《你好,库尔贝先生》中那根用荆棘枝条制成的拐杖。

* * *

这些宽敞的建筑依然散发着自由与野性的气息:荣军院、萨尔拜蒂耶尔都诞生在乡村的边缘,在整个巴黎的

---

① 库尔贝(Gustave Courbet, 1819—1877):法国著名画家,现实主义画派的创始人。

最边缘：病人、残疾者、精神病和穷人的收容所，被放逐于城市生活之外，它们从一开始就与这片空地上的瓦砾与残骸和睦相处。巴黎几乎所有的名胜古迹都是城市规划中凸起的外加部分，它们曾经紧密相连：卢浮宫、圣母院、先贤祠、歌剧院或马德莱纳大街，它们深深地嵌入到建筑群中，依然作为值得颂扬的精华聚集地。但是在萨尔拜蒂耶尔和荣军院（凯旋门四周，诞生在同样的背景下，也是奉献给灵魂，同样漂浮着一种陌生的非城市的气息），给人的印象却并非如此：要么被严密的围墙包裹，要么是宽大的空场，或者是墙外四周额外的空地。这些都是皇家的份地，加洛林王朝时期典型的建筑基础，有时做收容所、修道院或教堂，它们坐落在一块受宗谕保护而未开发的土地上，似乎依然在寻找森林的影子。能让我想象包围着这些抛锚此地依旧湿漉漉的巨大的石船之气氛的是1840年的贝托格拉德，就像古斯丁向人们所描绘的那样，人口依然稀少，市郊种满了松树和桦树，高大的建筑物占满了宽敞的大街，风呼啸而过，人们只能见到远处沙皇的信使一路奔驰而去。还有——太阳王或最早的沙皇——在这些和教堂一样匀称的世俗的缝纫工场中，人们到处可以感觉到专横而又死气沉沉的氛围和封闭空间的神秘感（为君主专制政体所特有）。

* * *

我离开从伊维尔登到诺莎代尔的大道，在一个沿湖而建的小村庄里稍停了片刻。上午十点钟，一个孤独的散步者在草坪的长凳上打盹，四周满是柳树，一座孤零零的小码头,湖面泛起的微波打在岸边的巨石上,几乎听不到声响。瑞士风光平静安宁的特点一瞬间在这里展现出来。沿着湖边是一条柏油铺就的小路,小路一侧的围栏已被固定游船的线索扯得有些歪斜,这些游船在季末会一直停靠在船棚中;路的另一侧建有一座座度假别墅,有的朴素,有的豪华。别墅后面,穿过杂乱的树枝和倒塌的树干,突然出现了一道悬崖,将这片河边伊甸园隔成了一处世外桃源;夹在度假小屋中间的还有一片用栅栏围起来的私人动物园,养着雄鹿与雌鹿。透过开放的窗口,这些私人动物园向人们炫耀着瑞士的安逸舒适,似乎已经如愿以偿地解释并颂扬了英语中温暖而舒适(cosy)一词的含义。是的,事实上,在这个愉快的、波澜不惊的小海岸,一切都是温暖而舒适的。瑞士果蔬鲜美,乳业发达,植被茂密。在这个舒适的国家,人们通过这种经过精心擦洗、冲刷的清一色别墅以及公平分享的壮丽风景,实现了民主的平等。自从我了解并爱上这个国家(假如我出生在这儿,也有可能会厌恶它),没有其他任何地方能让我像在这样一个湖边,面对雪山拉起的白色帷帐,感到时间的流淌,感观得到满足,身心轻快。欧洲的勒代河流全部在此汇集,注入这几个湖泊中。岸边的老人们等待着生命的终结,那种平静仿佛身在最后的死亡季节却不感悲惨的迟钝一样。

*　　*　　*

这片空地一头是一座孤零零的小餐馆,另一头是一座由粗碎石贴面的简朴的房子。这房子牢牢地扎在地上,抵抗着强风。内部装饰成了斯堪的那维亚风格,明亮的冷杉木和涂了清漆的木制家具，配以红白格的窗帘，在海水反射的刺眼的光线下，透着明快和爽洁的愉悦。阿格刮来的风在高原上兴奋地哗哗作响，刚刚洗过的衣服像一面面旗帜也在风中发出哗哗的响声；旁边交布尔悬崖的边缘上盘旋着海鸥与鸬鹚，它们像浮沉子时隐时现，迎着海浪飞起。壁炉中的炉火烧得噼叭作响，向这个明亮寒冷的圣灵降临节致意。阳光透过明亮的玻璃窗照进犀甲的每个角落，好像白酒般透明。这一刻，似乎世间所有的幸福，在这个海边的上午，都包含在这顿简单的"阳光餐"之中了。

我第一次游历阿格海角是在 1945 年的 6 月，经过波蒙-阿格后，在最美的一天即将结束之际，我突然发现雾气贴着草地表面，似一团团羊毛絮向我跑来，几分钟之内这些浓重的雾团就迅速地结成了一片。幽灵般无形的声声雾角引导着我从底部进入欧德维尔，就在我重又见到海角的时候，雾角声又传入了我耳中。这一天，这片海角也突然逃离我的视线，在那面纱下，露出令人惊讶的东方人的面孔。位于世界尽头的这个几乎荒废的小村庄，到处可见断瓦残垣以及登陆时留下的伤痕。它安静地隐藏在浓雾中，让我觉得一切保护魔法完全施展于我面前，保卫着进入神秘之岛的通道。

*　*　*

我有时会想起 1963 年冬天，沿着奈克卡尔，从海德博格到杜班根的那次旅行。到处都已结冰：海德博格、菲洛斯菲尔维格以及西尔科诺尔沿着通向城堡的陡峭斜坡前进，路上结了一层薄薄的冰，冬日森林里掉落的干树枝散落一地，为这层雪毯画上了层层条纹。这里所有的行程、住宿虽短促却充满魅力,雪将它们封闭在几乎完全的寂静之中,这种寂静既改变了周围的环境,也使它们远离我们,隔离在一个没有接缝的发光体中:在另一幅完全不同的场景里,1940 年 2 月,我在菲利耶夫尔临时宿营的那一月。我想起黄昏时分昏黄光线下的几个小公园,挂满海尔伯恩的花园在城市照明的映衬下,仿佛闪烁的小星,给人一种宁静的亲密感。窗户中透出的最初几丝微光,是那么温柔顺滑:我从未乘火车经过一座沉浸在黄昏中的城市,当城市的灯火亮起,我甚至想停下来,在不经意间,找寻街道间独特的差别。它们带有些神秘,而且在逐渐被黑暗吞没时各有不同。深夜,我们到达斯图加特,歌剧院正在上演《托斯卡》(它不只在梦中才会跟随我):我仍然觉得它用德语唱比用但丁的语言演唱瓦格纳的作品更为独特。

今年年初,当我在斯图加特参加荣格尔八十五岁寿诞晚宴时,我又看见了同样的风景,刚刚爬上俯瞰着全城的山丘,冬天的乔林立即就消失在公路上了;乌尔特伯格公爵们狩猎的约会,晚餐安排在"孤单"城堡,它是圣诞故事中阴郁森林空地尽头的一缕微光。作为开胃酒,我们听到了从城堡祈祷室传来的小提琴演奏的巴赫片断。这个距城市 20 公里外,带有音乐前奏的森林晚宴不同于任何其他德国风光;我总觉得,在这个国家,比起其他野味贮藏室和装满野生海味的鱼缸,餐桌离我们更近。

与其他地方相比,在拉布莱斯,更容易见到房屋、树木、草地和野兽:在通往花园的路上时常能与它们碰面。

* * *

勒莫尔万：凉爽、忧郁，枝繁叶茂。景色的空旷有时显得有些神秘。人们曾说高原厚重的阴影像死亡之树一样令这里的生命凝结、沉睡。从长满树木的高原出发，途经蒙梭石与劳尔默，朝卡拉莫斯前进，在这漫长的穿越过程中，我几乎只碰到了一两辆汽车。没有马车，没有行人，甚至听不到流水声；唯有压抑。树叶停止呼吸，压迫着肺部不让它膨胀。穿行其间时，没有任何一片平原中的盆地，像这片高原一样，让我觉得呆滞、紧闭，尽管它四面透风，地平线辽阔。它曾是高卢城堡主塔，而后成为罗马人的牧场。时至今日，它依然睥睨着条条大路。这里，有法国最坚固也最无生气的森林屏障：哈兹与土因格。但这里矿藏稀缺，也没有围绕日尔曼的喧闹小城；凯尔特森林寂静依旧，无处不在地控制着法国边境那平静的防波堤；就像统治着阿尔登山顶沼泽地的四周。

* * *

索姆河的港湾，一座雾气弥漫中闪光的城市，水流冲刷的土地，轮廓简化成了几条简单细长的水平线，淹没在光的反射中。它那不切实际的轻盈令人不由得想起中国水墨画。靠近大海，是长长一片发光的河泥，顺着水流融入到拉芒什海峡蕴藏灰珍珠与牡蛎的海水中。在那儿，河慵懒地弄干了它最后的水线，就像排出了浴缸最后那点水一样。在不起眼的水汽之中，几只轻骑兵一般的家养大鹅格外引人注目。景色本身也像鹅的鸣叫一样：一种被低浅的水流浸透的孤独，像灰色的棉絮,散发着水禽的气息,带着还未完全苏醒的清晨凝结的冰冷。

在高徒瓦,一座座紧密相连的别墅围墙前,延伸出的并非一片海滩,而是一片盖着细沙的无垠的空地。一脚踩上去,那层像阿尔及利亚盐湖地带一样的硬壳就会四分五裂。不同的是你若在这儿伸个懒腰,从地下冒出的寒气会将你围住。有一天,我要再回到这片褪色的沙地——高徒瓦,贝尔科,马罗,维麦尔逊,维桑。灰色的海边,这片间隔很远的苍白的沙滩漂浮着,若光线的灵媒,若白色太阳的幽灵。

* * *

格朗德吕(Grandlieu)湖:过去大概是一片未经整理过、靠近古高卢沼泽的地方。我想现在依然像非洲沼泽附近,总有巨大的、被芦苇地吞没的水洼——狭窄的航道网,只有平底小船才能通过。有时还会见到水边的森林空地,在大片的芦苇丛中显得格外宽大。在那儿我惊讶地发现有时一阵风竟会使这一潭死水泛起涟漪,就像融化了的铅水开始笨重地沸腾一般。这是一条模糊的边境线,附近没有任何山丘可以看到藏于后的它,因为很难靠近(它的周围只有一片土台,在帕赛几只小船可以停靠在这块封闭的土地上)。湖水沿着支流和排水道延伸开来,顺着车辙压出的、蜿蜒绵长的痕迹渗入到草地和篱笆墙中。它谈不上是湖,也不算是沼泽,它更像是一片自然界的禁区,忍受着命中注定的无生命与无适航——地球上一片不可思议地被遗弃的地区,当元素分离时它的好处就会显现出来。我总认为周围罕有的几个村庄——都离湖边较远,但靠近湖边,一丛丛芦苇沿着航道与进潮口巡逻放哨——街上，篱笆墙间晒着渔具，散发着微弱的沼泽气息；这是一种慢节奏的生活，没有喧闹，统治着帕赛与圣埃格纳的情况如出一辙：在怀疑中期待着停滞可以带来建议，它似乎未能作出正确的决定——更适于耕种还是捕鱼。

最为震撼的景观是我第一次穿越喀斯地形时所见。在高原阳光的照射下，远远望去，大地仿佛都在颤动，那苍白的颜色历经十年酷热与冬雨的交替侵蚀，破旧似牧羊人长袍的色调，摊开在这片一望无垠的大地上：烟熏过的灰色，烤过的赭石色，发白的铁锈色，分裂的白色勾勒出线条。就是在这里——通向喀斯，密林茂盛的昏暗斜坡——我第一次见到了没有颜色的法国南部。

正午时分，白色酷热的雾气笼罩着蒙彼利埃乱石群。没有阴影的橡树紧紧抓住柱石、护墙和浅灰色塔楼的裂缝——就像渴极了的德干高原某个小城里那些丛林间的砂岩尖塔。空地上立着几个瞭望台以及小尖塔，杜比中空的咽喉在晴空浅蓝色的薄雾中隐约可见。最后几辆汽车禁不住远处餐馆的诱惑，驶离了这空旷无人的幽灵之城的停车场，就像美国棒球场门口的停车场一样。现在人类已经结束了边擦额头吓出的汗水，边在陷落的陡坡小路上闲逛的时代。人们曾说炽热阳光照射下，大片剧场废墟竖起耳朵想在寂静中找寻燃烧的山涧中，草丛里泉水的沙沙声，岩洞拱顶的滴水声以及水流的叮当声。

乐塔尔狭窄的深处，仿佛熔炉烧裂的一条小缝。整块突出的巨大石灰高原已经榨干了它的最后一滴水。这并非为了凸显这几近干涸的小河的弥足珍贵，而是为了汇集在中空的咽喉处渗出的珍贵香料油，就像压榨机的最后一滴泪水。

每当想到这些高大辽阔的平地时,我眼前总能出现大中午时分,路上无遮无拦的酷热情景以及远处的陡坡峭壁:带着烟灰与羊毛粗脂的颜色,融化在火炉蓝色的火苗中。在依旧环绕着道路的峡谷深处,如饮烈酒般兴奋,脑中突然升腾起要在光秃秃的高原上迎风奔跑的欲望。塔楼、城堡主塔以及巨大的凸角堡高耸在面前,在进入弗洛拉克前,当我沿着塞文公路行驶时,出现了一些旺德城堡田园风格的堡垒,我有时幻想被囚禁在这过分讲究细节的环形路上,干燥的草坪被来自浅蓝色深渊的西科罗风吹倒在地上会是怎样呢。

* * *

布鲁塞尔:砖石建筑的雄浑博大,不止一次令我震撼,司法院这动荡不安的大片建筑似乎建在整个城市之上:赤裸裸的沉重。我第一次见到它时,几乎还是个孩子,在历史课本《马利特和艾萨》的插图中——也许并没有画出它真正的美,而且没有描绘任何细节,但我只要知道这片山丘之上有着何种巴比伦王国的凝重——我就永远不会忘记它的轮廓。那些面露喜色的人们离我们并不遥远,轻声说着韦尔奇的首府在这里为自己建起了维克多-埃马纽埃尔(Victor-Emmanuel)的纪念碑。但是在建筑与选址的分层这种独特的组合中,它是我在欧洲所见到的全部现代建筑中最威严、最壮丽的。我有时会想大概只有希特勒式的人物才能将这样宏伟而又令人兴奋的石头建筑献给第三帝国的某个千禧年:小比利时将这个昏暗的石头风暴献给了正义女神;再没有什么比这更令人难以应付,更令人感动的了。

布鲁塞尔博物馆里空气流通,参观它令人非常愉快。

每幅画作之间的空隙并不是很大；文艺复兴前画家的每幅作品似乎都和邻近的画作分开展出，就像被日式壁龛分隔开来一般。拉夏佩尔教堂朴素地扣着一顶岩板的帽子，受到波德莱尔赞赏的《黑圣母》躲在它阴森森的披风里，完全的西班牙风格。露天剧场的大广场头发蓬乱得天真无比，那里每间房屋都与对面的房屋竞相展示着衣服上的衣褶与色金。

当我漫步街头，雨果最美的诗篇之一的开篇两句一直在我的记忆中萦绕：

> 我爱听你那老城中响亮悦耳的钟声
> 哦！古老的国家，家庭风俗的守护人

我记得这两句诗中隐藏着——长久萦绕我心，令我仰慕——一幅画面，勾勒出空气之弦（这是我全部能想起的……）。我希望能再次重温它，于是经常在雨果文集中寻找它的踪影，但都无功而返。流动的困意如此敏锐地发生共鸣，飘浮在带有佛拉芒风格钟楼的城市中，感染了一切：不发愿修女的修道院滋养了这种寂静，同时带有略显沉重和浮夸的资产阶级纯朴和不易察觉的神秘。

* * *

加龙河南部的土地——古高卢的诺旺波缪拉尼——总是令我惊奇。即使身处一眼望去就能令我着迷的兰德森林，我仍能感到自己被这片绿色的流苏所吸引，它松垮地与法国领土相连，嫁接到后者身上。人们说，它就像仅以微弱血脉与主体相连的一块碎布头,并不适合滋养任何一个高贵的内脏。在历史中,它不寻常的萎缩为它消除了一切悲剧或戏剧性的障碍。自被高卢占领以来,它就作为唯一一片未曾经历凯撒战役的土地而闻名:它更像是猎物丰富的美国西部,古罗马军团在这里收集草料、安营扎寨或休养生息。如果说阿尔比教派的十字军只是刚刚擦过它的比利牛斯山边缘的话,那么后来,它也只经历了几次胡格诺派指使的偷袭以及小城堡的遭劫。之后就再也没有了,除了索特军队在反抗红衣军团的撤退中无意打响了几枪之外。

我希望探索这个我所喜爱的地区中的一个省,热尔就像我将要见到的卢森堡或列支敦士登一样,从南到北,从东到西,穿行其间,礼节性地参观它的首府,它的四个前专区以及曾经的主教管辖区,路边观看简朴的半存的疆界,试着不带任何偏见地充分了解它的风光和气候,试着不去想对一个省的热爱,不去想一个刚到兵营的新兵,他说出"我来自热尔"时那完全模糊的感受。

事实上,热尔既不像阿尔登是一个真正的地区,也不像塞纳-卢瓦尔那样是一个纯粹的行政的拼凑,它更像一幅未完成的草图,一块围绕着核心不断加密成形的星云。事实上,按第五共和国的行政行话,它是"限定称号地区"。阿尔玛纳克强有力地将热尔吸引进来,却没有给它确定身份,也没有完全地与其融合。我无意间看到路边安放的城市盾形纹章,就察觉到它流露出地界的浮动与暗藏的竞争:欧什(自认为是加斯科尼的首府),作出一副阿尔玛纳克首府的样子,(欧兹)也一样。至于莱克图尔,我周日路过它的市政厅时,那里张贴着《三个火枪手》的海报。它拒绝在一个荣耀之杯中饮水,却顽皮地自称是利摩日的首都。此外,假如热尔受阿尔玛纳克监护,或简言之,被它领养(就像一个顽固的资产阶级家庭从社会福利院收养一个孤儿一样),头脑中所出现的这个名字的形象,假如我们想一下,还果真多少有些不寻常。这并非是一幅地理与历史相统一、浓烈而有力的画面(如同从佛拉芒、不列塔尼或阿尔萨斯这些地名联想到的),而仅仅是从美食与大众文学的边缘上蒸馏出的香气,更确切点,是最纯正的葡萄酒的芳香,某种泛着泡沫、轻盈冒泡的东西使空气变得轻松起来,并为这片风光增添了乡村贵族的气息。甚至是在这小地方,在那不大却热情的首府中心,在热尔海岸与处于高坡上的镇政府所在地之间,宏伟的阶梯(大教堂、省政府、中学形成了紧密相连的建筑群)都与其他地方不同,那里没有以自己的名字命名城市的英雄奠基人的塑像,却有座大阿尔塔纳的青铜头像。热尔不愿回忆:在法王查理七世时代,阿尔玛纳克的宗派曾经代表了几乎整个法国。由于太阳照射引起的皮肤灼伤,它从一个真心结合的婚姻演变成一个浪漫顽皮的传奇:热尔是《三个火枪手》的故乡。《三个火枪手》这本充满了独特的正义、善良的书对您来说应是再熟悉不过,即使您像我一样从未从头到尾完整地读过。这些天在加斯科涅的路上我总能想到它:它时刻浮现在我的脑海中,有时是触景生情,有时会不由自主地产生幻觉,甚至是旅馆里的菜单,向我推荐的在火车上喝的开胃酒——阿尔玛纳克的鸡尾酒和野生葡萄酒——当地乡绅的角楼都顶着个圆锥形的帽子,从底部翘起就像卡比丹人的斗篷被佩剑挑起一样。这部轻松愉快的《三个火枪手》充满了插羽毛的帽子、小旅店,克里是马尔德远离公路的一座座蓝色城堡,快马加鞭,清晨清新的微风就是我的食粮:我透过这三个装饰着羽毛的骑士的眼睛欣赏这片风景,这片大地为他们考虑的实在不多。我从一个驿站到了另一个驿站,迎着风,穿越一个个绿色的山谷和长满葡萄的小山丘,迎接第二天同样迷人的无忧无虑的日子。

隆佩兹,从过去的主教管辖区沦落,后又为区首府,站在四层的八角形顶楼凝视它了无生气的市中心,那里空旷的大木材市场与街道另一侧废弃不用的专区大楼的侧面交相呼应。一只猫穿过街道,两三个上了年纪的妇女,在阿昆坦盆地温暖的阳光下,在自家门口织着毛衣,仿佛被特意安排在那儿见证这寂静。教堂黄色的碎石散发着沮丧的冷漠气息,在阳光的照射下,它们逐渐风化(就像索漠的石灰体),但小桥下的色萨伏河畔,树叶却闪耀着潮湿的微光。

米兰德,除了那正交方方格铺成的寸草不生的街道之外就再没有什么值得一看的了,完全配不上它那动听的名字。几乎所有热尔的城堡看上去都有着奇怪的比例与建筑风格,一大片拱廊搭建的空地,如置身普拉藏斯,教堂的玻璃窗同马尔斯亚克的相似,提雅克的人行道则掩映在古老的木制游廊之下。这里是个例外,什么都没有。阿兰-弗里也曾经在米兰德服兵役:是否就是在这个茂密的山谷外,在远离城市隐约可见的这座黄色灰泥层的丑陋房子里呢?

冈东,雨水杂乱地敲着紧密相连的黄色、玫瑰色房屋与教堂。站在山丘高处俯视下方,埃克图尔①的南面有座山峰,它因一座小城愈显美丽和自豪,这座小城不能不使人联

_____

① 法国市镇,位于西南部的比利牛斯山大区。

想到瓦泽莱那无与伦比的大门,但比它更具城市气息,乡村气则略淡一些。生于埃克图尔的拉纳①被杀害于埃斯令:拿破仑手下有一半的将领说话带加斯科尼口音。他的塑像装饰着一座不加任何修饰的棒球场大门,从那朝南望去,是一片连绵起伏的山峦,比起形成这座城市戏剧性陡坡的那一线山色要矮小平淡一些。

贵族乡村住宅,莫里哀笔下医生的尖顶帽散落在乡村的各个角落,滑稽可笑,显得既破旧又滑稽。不多见的乡村小城堡,用简陋的材料搭砌而成,表面覆盖着已经风化了的粗糙的粉刷层:在墙体还未用胶土垒砌之前,比起植物髓质最常见的就是黄色的粘土块,隐藏在胡桃树下业已剥落的墙面后,是画中寡妇的百叶窗,我猜里面大概像乞乞科夫在《死魂灵》中见到的那样:旧靴子,跛脚的桌子,没有镀锡的带中柱的镜子,零散的年历,野鸭窝,凹室中悬挂的风干的长串大蒜和蘑菇。我明白了,加斯科尼那些佩带长剑、雄心勃勃的好男儿们就像乌鸦飞离鸟巢一样,从挨饿的鸽笼中飞离。从尖顶到风标间的狭长地带,搭建在山丘上间隔的耕地边缘的绝大多数房屋都拉上了它们的窗帘;木筋墙板条之间的黄色墙泥已经用木板代替,在透光层装上木板条的简陋房屋显得扩大了,不带谷仓或是崭新的库房;一群大鹅排成两列纵队,在这些破旧的农舍中钻入钻出。尽管这空荡荡的小村庄流露出无言的破败,那一座座山丘,罗马里那边略显低矮,泛着黄色,拉尼赞那边则高低起伏,枝繁叶茂。在湿润的阳光下,摇动的辽阔天空重新扩展到每个山顶上方,保持着一份清新和愉快的天真。油嘟嘟的叶子上闪烁着水珠。法国到处都是

---

① 拉纳(Jean Lannes, 1769－1809):法国元帅,拿破仑的将领之一。

已被炎炎夏日烤干、等待收割的玉米,在这里却是一片黄绿相间的矮密的乔林,就像甘蔗地一样。

阿尔玛纳克山谷是不对称的,这对地理学新手来说是个难题。地图上这片颇具特征的水文分布反复的地区标志并不十分清晰,连绵起伏的山脉将河流隔开——它们的爪子——比我们想象的还要粗壮,由一些小山谷组成,沿着背坡。但是若沿着拜斯和欧什大大小小的山峰望去,不对称还是较为明显的,在一片片荒地和陡坡上的小树林映衬下凸显出来。萨瓦河,沿着从以色勒-如尔丹到隆佩兹的公路,这种不对称消失了。但从高处看,山丘的全景总是显得杂乱无章,小路愉快、散漫地逾山越谷,蜿蜒向前。这条灌木丛中美丽、迷人的学童之路,有时出现仙境般美景,它从马尔斯亚克通向欧兹,路经吕皮亚克可见到阿塔纳小城堡。

欧什:1976 年,是如此凉爽,当我们到达这个简朴的首都时,与其他任何地方不同,沿着手工作坊见不到工厂的烟囱,甚至连漂亮的加油站都见不到! 这里是一片绿色的山丘,顺着长街一直通向教堂,就像建在水城的大街。我们沿着莱克图尔公路前行几公里后,后视镜中意外出现了一座小城,房屋魔术般地变成起伏的山地,带有坚固方形塔楼的教堂也不见了,尽头,在山丘一侧突出的地方,我看到了尖顶的阿尔玛纳克塔。公爵和大主教单独面对面地呆在远方天际,这个象征性的轮廓,既带有宗教城市天真朴实的影子,又透着纹章图案的简单与生动。

我游历一些市镇,除了欧什,没有一个人口接近甚至远不及五千的,它们却都属于一个拥有四个主教管辖区和四个专区的省份——人们测定了行政划分的,la casitis de minutio 突然沦为一些不起眼的荒芜小城,历经吝啬、奸诈、虚伪的灾难,呈现出巴尔扎克式的哀婉动人。法院书记室的宗教裁判所主教官与专区能带来活力的那一丝血液或淋巴液也消失了:这隐藏愤怒与攻击的寂静,隆佩兹或莱克图尔的石街是幽闭起来的寡妇的寂静,与挥霍亡夫的遗产相比,失去丈夫似乎更易安慰一些。

唉!诺斯塔达姆斯①的百人占星队一点都没有预测出这一和平地区的优势,下面几句四行诗中,他明确地预测出雷击,至少几次原子弹轰炸将这些清晰地表示出来。

> 冈东与欧克斯,米兰德周围
> 我看见雷电将它们包围
> 土星、火星,连接着狮子以及马尔芒德
> 浮尘、冰雹,墙塌倒在加龙河里

> 欧克斯、莱克图尔和米兰德周围
> 连续三夜的巨大闪电将要到来
> 高斯如此突然,还有那米兰德
> 片刻后,大地即将震颤

我是在一本关于百人队奇怪的当代评论中读到这几句四行诗的,当时为了解闷,在码头上买下它。这几句诗有自己独特的风格——无论如何听起来格律还算流畅——尽管由于拉丁语与方言混杂在一起,表达含糊其辞,因而使其中的预言显得晦涩难懂。深奥的谜语,字母位置变移词,字母或音节戏谑性的次序颠倒,纹章图案,不可避免的

---

① 16世纪举世闻名的法国预言家。

词源学编织出这个方言的旅行袋,人们甚至可以通过一些瞬间,例如布满巨大象征的半遮掩落日,破解其中的含义。16世纪两种语言交替的中间状态才允许出现这种明暗,事实上暗胜于明:在沃热拉后再未出现类似的技法了。

* * *

回忆——照片般的清晰——塞高维,是对三角形阿尔卡扎尔的回忆。这是一座纤细优美令人惊叹的堡垒,站在顶端,城市逐渐变成模糊的一点,像一艘被打败的巡洋舰分开的船脊柱。这里见不到一棵树木。向远处望去,比面粉还要白的布满灰尘的小路,笔直地向上延伸,朝向位于山顶的卡斯蒂利亚人缺水的村庄。这一村庄坐落在山脊上,公路从中间将它隔开,像一堵雉堞。这里的景色没有灵魂,颜色如烤熟的面包,除了一个骑驴的农民从山腰向村子行进外,什么也没有,令人发笑的是这头驴子的屁股上还驮了两大袋麦子。烈日当空,在西班牙,正午去餐馆还有点太早——我着迷地看着这没有年龄的景色,没有任何明显的痕迹,哪怕是最微小的细节显露出自堂吉诃德时代以来这里发生的变化。

* * *

日本漆树十月的红叶将我引入对美国威斯康辛以及北美森林的回忆。法国山榉林那砖红与血红相间的颜色在这片爆发的颜色旁似乎失去了光彩,它那不可思议的沐浴在秋末阳光下的火红色力量,使春天黯然失色,在四季循环的最后将这一束植物的焰火展现出来。正是收获季节所有美味的集中呈现，而非夜里将松子、栗子壳收藏起来，把它的神秘变化颠倒了过来。这些不是米勒夫耶①《年轻病人》中悬挂着苍白枯叶的鲜红色美洲森林，这是用喷射流淌的鲜血染成的红色皇家小军旗。这片大陆到处蕴藏着过盛的精力，时刻准备，在季节交替之时，在每个气候微微变化之时，从任一裂缝中喷射出来。

* * *

　　尽管可能无法成行，我所能想象到并渴望一游的仅存的伊甸园在亚洲。对我而言，汉扎或是亚姆，1924 年英国人的珠穆朗玛峰探险游记提到的喜马拉雅山的某个迷人山谷是如此令人神往，它们大概是土尔克斯坦、高尔齐德或阿布卡兹几个县区。所有这些群山中封闭的盆地，“欢乐的山谷”，潮湿芬芳的内陆国家，覆盖着冰雪封闭并代替至尊天使的火焰佩剑。当我在印度旅行时，我的脑海中总会出现漫步于草坪、果园与流水之间的情景，走在克什米尔大路上，两边栽种着幽灵般的秋杨，行进在山峰间的小路中，如同走在纽约摩天大楼间的街道上一般。

　　我喜欢走在阿汉儒兹（Aranjuez）破败不堪的奢华花园②中，那里粘土建成的塔热河在堤坝树木形成的拱门下流动，比它浇灌的草坪要高。我从未见过林下草木如此荣耀地沐浴在黄昏的阳光下，噼噼啪啪的流水声将其衬托得更为清新（与波尔通向孔达-非尼耶路上的如尔咽喉相比）。但比起所

---

① 米勒夫耶（Charles Hubert Millevoye, 1782—1816）：法国诗人。
② 阿汉儒兹，西班牙城市，位于马德里南部 44 公里。文中提到的花园是皇家园林，建于 1561 至 1778 年。

有迷人的公园,它缺乏令花园兴奋甚至陶醉之物。无法接近的边界。白雪皑皑的山峰构建起天然围栏,与蓝黑的天空形成鲜明对比。就这样,塔斯无可否认地变成了阿尔米德花园的花边。

*　*　*

　　我凝视着加利福尼亚红杉国家公园巨杉的照片以及谢尔曼将军树(4000 年,90 米高)、格兰特将军树(3500 年)和李将军树这些植物界翘楚的独特外形。我想念这位美国人,一位印第安人曾在 1858 年告知他这片林分①的存在并向他指示了可引导至此地的小路:他顿时被迷住了,在伐倒的树干上挖出个窝棚。从此他的余生就过起了这样的隐居生活。安德烈·布勒东对自然界的细密画有着浓厚的兴趣——水晶、蝴蝶、贝壳,这总是让我感到困惑。我最近又重读了荣格尔的《巧妙猎杀》中的章节,他在其中表现出对昆虫浓厚的兴趣。这一爱好,我可以凭借几分努力达到:我明白在生命力紧张的集中之中,在被雅克·海罗德称为自然支配中的一切。这种无限的广大令我入迷,对"世界之最"最初的感情:金字塔,罗德岛巨像,空中花园。没有任何东西,没有任何一次旅行能像我第一次在萨朗什街道的尽头,面对高耸入云的勃朗峰那样,带给我心灵的震撼——从来没有任何东西,能像在大吉岭附近,坎陈郡柏油铺就的发光的美国自由之路的盘旋处看到的破晓时的老虎岭,形如男性生殖器的石刁柏令人震撼。

---

① 林分指内部特征大体一致而与邻近地段有明显区别的一片林子。

　　无疑,照片中没有任何东西能够反映这些树干构成的阶梯真实的感情,它们在一边,被菁菁地覆上狭窄的青枝绿叶,就像长有青苔的独石碑。事实上,走近一点看,比起树木,它更像一根绿色的史前巨柱。至少,第一眼看去,它就令人生动地感觉到,这不是些较其他更为高大的树,而是另一些好像来自他乡的、完全不同的树。外形的幼稚笨拙以及不规则的方形,乔木状"巨婴"令人困惑的外表,所有这些都反映在了另一个地质年代,一些消失的地区,森林里尼安德特人保存完好的飞地以及在某次未知的植物灾难后保留下的平静地带上。

＊　　＊　　＊

　　在一个十分纯净、昏暗的夏夜,我漫步在同塞森林的路上。在谢尔边的一个村庄旅舍吃过晚餐后,我们在夜幕降临时出发,一直走到多条公路的汇集地,这里标志着森林的中心。我们徒步开始了夜间的高山探险。夜晚寂静无声;灰色的流水流淌于长满树木的悬突于崖间的沟壑,就像海底峡谷中的海水一样。很快,我们的行进陷入一片寂静,一种不安全感紧随其后,袭向我们;我们又走了很长一段路:在走了将近半小时后,我们决定原路返回。那一夜我感觉隐约看到了恐慌的源泉,它压在这个夜深无月、横穿森林的旅途中。深夜看不到高山森林,没有从黄昏到黎明的过渡,没有任何东西像白日之光那充满活力的、被拨弄的念珠。这里只有一种状态,就像时间的终结或脱离到时间之外,一种坚硬的植物才有的强制性昏厥。它借助沉沉暗夜,将森林小路变成了一条比起害怕更令人感觉阴森的道路,它使我明白了为什么爱伦·坡要选择柏树为通往"于拉吕姆之墓"的路镶边——并非因为它是公墓之树,而是因为在所有树木之中,它天生最具矿物性。林中之路并非请你们做了一次穿越深夜的旅行,而是请你们进入了一个昏暗阴郁的王国,一个巨大的深渊,那里既无风的过往也无时间的流逝:从巴什拉①的意义上来说,这正是物质想象力笔直的直线将维吉尔著名诗句中的这两幅画面联系在了一起;

> 他们默默地行进在孤独的夜色中,穿过黑暗
> 空荡的房屋和冥府的荒芜
> 就是脚下的这条林间小径,在朦胧的月光下
> 在微弱的光线下……

* * *

去福洛拉克-圣-埃尼米-米洛,我途经特恩河的咽喉要道。正是太阳的位置是这里所有景色魅力所在。早上薄雾初升之时,我沿着这条公路前行——中午——下午六点。中午时分,在垂直的阳光下,并不吵闹的峡谷如干燥的咽喉无聊地穿行于山峰之间。阳光褪去黑暗,一束笔直的光线闪耀在这美景之中:高耸的峭壁间的山体被黄色的光线直泻而下照亮了,笼罩在荣耀的光辉之下,点燃了皇家小军旗的火焰;狭缝中散发出一股潮湿清新的芬芳,整个笼罩在蓝光之中;竖面、横面、斜面,整个立体派的绘画技法将它们清晰地连接起来,运用与地面平齐的光线使之成为一体。风景随视线轻

---

① 巴什拉(Gaston Bachelard,1884-1962):法国当代著名的哲学家。

盈的转移,成了千变万化的戏剧;远景中一起躲开的路线变成了庞大而又爱伦坡式的缓慢行进,通向某个最后的风景画家或建筑家的杰作,我的心因预感到了这点而跳个不停。

我印象最深的是从蒙德到圣-埃尼米的公路,穿越索弗泰尔的科斯,从朝向特恩河的山坡向下,带非洲豹斑点的漏斗洞窟,我还非常喜爱从喀斯梅让朝向福洛拉克的那段绵延的小公路,位于一片无边无际的沙漠中,如此荒凉、苍白、粗糙的沙漠,以至于我很惊讶在那儿看不到变白的绵羊骨架。

* * *

圣-克罗德(Saint-Cloud)花园,城堡的未亡人。林荫大道逐渐汇聚向空旷的远方,那景色颇具层次,分成若干段,一直延伸到塞纳河上方悬空的栏杆处。在我的想象中所有星星聚拢在那里,用美人鱼的语言跟我交谈。公路不再通向任何地方,远方一片荒凉。怎能不觉得它们与这些充满了幽灵身影与眼神空洞的房子极为相配呢?这种集中体现出的空在我的每本书中不经意间就可以找到,但是在这还是能够找到更为罕见的独特的风光。在不太为人所知的司福来豪华花园宅邸,卢瓦尔河边赛列尔的一个小村庄,我深信上个世纪司汤达与乔治·桑一定来过这里,这里到处都是走不通的台阶、瞭望台,看不出全貌的平台,孤零零的城堡护墙,悬空的花园支架,还有那似乎架空的护墙支撑起的一座古老剧院。所有这一切都在树木的笼罩下,构成一座虽未被摧毁但也支离破碎的城堡,它的残垣断壁散落在森林的各个角落:假如建筑要以抽搐的形式表现的话,那么这里就是了。但是,如此多的预谋多少令人有些扫兴:在这个昂贵阴森的城堡中——计划和预算——缺少一个精神失常的窗户的离奇想法,欲望的压力与梦想的需要感动着我们。现在时而引导我来阴影之下的,是最终的想象力的迸发:在那儿我看到了想象的延伸,看到了自中世纪末以来,因建造艺术而联系越来越紧密的草地、树丛、池塘、林木所画上的曲线的句号。从那儿我看出风景画题材建筑的奥秘。

* * *

几乎没有哪条公路,初次踏上就令我爱上了它,并且现在依然希望故地重游。对我来说,它们曾是,也永远将是留给我的一段音乐序曲,在我面前摇动着最远处那即将拉开的天幕的褶皱和光线。对某些公路来说,它们的颜色从来都不欢快,甚至不能用昏暗与期待来形容,不能与悲伤成幸福的预料联系起来。当我第一次踏上它们,它们就将一切展现出来:如此欢快的俄国群山,相互交错的分支在沿途没有美丽风景的、连接布雷希瓦与尚德尼的隧道下总是如此地温润。但对于大多数公路来说,它们与之不可分割的约定无论是在公路的尽头还是在我生命中任何一个回忆起的地方都没有对视,——这样一段梦境的颜色没有与梦想家在某一时刻的计划或近或远的实现相连。事实上,沿着公路,当我们漫无目的地向前行驶时,猛然出现了一连串树荫与透出的光,这突如其来的一切让人如入梦境,沉浸其中。我有时试着在半岛区重新找到这种不协调的透视画和连续的情感纠结。这条宽阔绵延的大路,从跨过门槛进入其中开始,就丝毫没有把我们同平淡世界的梦分开。

在所有的公路中,与梦想中的气候最接近的就是比利时境内从布隆到罗尚阿尔登那一段——朝纳夏托有一个转弯——我曾在1966年9月一个明亮的夜晚经过那里。夕阳在身后沉入了不带一丝雾气的天空，我从未觉得下午六点阳光还会如此明亮，尤其是那天昏黄时分，让人感觉暴风雨将要来临。有时公路会插入如教堂般雄伟的松树林中——我看到阴暗的树干之上，树冠在阳光的照耀下，升腾起高高的火苗——时而公路又会一下从林中窜出来，在光秃秃的高原脊背上飞驰，耀眼的光线将草地都晒成焦黄色。我突然觉得站在了世界屋脊之上，它俯视着脚下这片王国以及灯火明亮的狭长前方。顺着公路所透射的阴影前行，天气时而炎热，时而凉爽——堪称绝妙。我在圣-于贝尔山谷中向前行进，黑夜像暗流涌来，那里已经透出最初的几道光芒。我想从位于小城陡峭街道另一头的山顶沼泽地，重新找到阳光下的高原。我驱车朝巴拉克-米歇尔以及勃朗日高718米的信号塔驶去：一刻不停地穿行在光秃秃的高原上是令人愉快的，树脂的香气从昏暗的缝隙中散发出来，刺激着我的神经，总能令我充满活力。我欣喜地爬上这一片高地中央的隐蔽处，就像登上了一座黑色的城堡。

那次在比利时阿登地区的远足令我印象最深的就是无边无垠的大地。主要浓缩在一段仅有几公里的旅程，即在从圣-保罗-德-福耶到居居冈的公路上，向城堡主塔攀登的旅程。在墨热，一段柏油铺就的小路或者说是一条公路，谨慎地相交在两堵墙之间，其中一段穿过不起眼的葡萄林，像过山车般蜿蜒盘旋，随后在山坡上一个崩塌切口处，没有任何预兆地撞上，笔直地封住位于福耶走廊上方高尔比耶尔的那片城墙。站在那儿，人们立刻就会俯看到枝头已经压弯了的葡萄树；穿过一堆堆的坍塌物和布满石子的矮灌木丛,我开始沿着这段有着多角缺口、陡峭的斜坡向上攀登。在天空的映衬下,它格外地显眼。就在短短的一分钟内,眼前的景象发生了变化,没有任何过渡:我从无精打采的炎热中,从带有赤裸的岩石陡坡的低矮平原上,从一排排乏味的葡萄树中,突然感受到了声音锐利的、响亮的气息。这气息笼罩着鹰隼盘旋巡视的荒芜山峰。我感觉似乎置身于一处高度戒备的警区,魁瑞布斯出现了一秒钟就又消失在绽开的塔峰的锯齿后,仿佛警戒的哨兵一般。平原上的声音令人窒息。虽然正午时分,这里的天空仍旧比别处显得低些。就像战争期间的冈城,一架飞机的轰鸣声足以在深夜打破整座城市的梦乡。据说,阴森高塔的阴影依旧紧张地笼罩在山顶四周。接着,翻过城堡,我一下又陷入了覆盖着葡萄林的居居冈盆地,葡萄藤被阳光烤焦的石子小街后,一座小村庄跃然眼前,它似乎刚刚从阿尔丰斯·都德一部平淡无奇的童话中跳出来,滑稽可笑:人们从那危险的风景中,从那长期安静窒息地区的雉堞悬空中走出来,就像走出靶场的禁区一样。

当我第一次在日落时分行驶在从博尔到诺莎尔格的公路上时,在到达阿朗氏前,塞瓦列尔的牧场在阳光的照耀下显得如此有光泽,可与刚出炉的噼啪作响的金色面包媲美。远方的天空呈现出一片五月暴风雨将至的样子;一群家畜沿着公路排成一列,脖子上的铁铃欢快作响,使得刚割下的干草味道愈发浓重。这种香气使人陶醉,似乎能唤起我们心中的古老回忆:就像人类依然记得长期被奴役的地方。阳光下,草坪中,这座白色、铁灰色相间的村庄,当我第一次经过那儿时,满眼是寂静肥沃的牧场,像干草仓一样纯朴;此后,我又来过这里,也未曾尝试在这里歇脚:它寒冷、潮湿、冷淡,就像初秋时分。在这样的海拔高度下,那里的夜晚依旧被这高原的金色照耀着。当我离开时,一列小客车驶在大地的褶皱处,直接对着草坪驶向挂着铁铃的牲畜,列车的踏板埋在草丛里,车窗被夕阳照亮,就像一列行驶在野牛群中的美国西部列车。我很少想到塞瓦列尔和欧布拉克,除非一种奇特的活动发生在我身上,并且留在记忆中:在这片辽阔的高原上,地球重力似乎减少到像在月球上那般,我感觉到一股水平的眩晕,似乎就要跌倒了,它激起我的欲望,让我想在这一望无垠的大地上奔跑,开车狂奔,永不停歇。

不能不在我的公路神话中留出一个位置,一个光荣之位给它——从布瓦蒂耶到利摩日这条没有美景的公路。每当我踏上这条路,它都会唤起我内心的情感,令人不安的情感,以至于若要我描绘类似的景象,就得追溯到某次旅行的开端。穿过高塔庄稼稀疏的田地,经布局削低的山顶,从普瓦捷的大学城——像一座奇怪的火星城建在高原之上,建在老城灰色、粉色、高低不平、成鳞片状的板结的土地之上——我首先驶过一片棕色的稻草垛,它覆盖在一片毫无美感可言的平原上,没有任何修饰,无边无际。刚才路过的城市已渐渐远去,而对它的那份情感却始终萦绕在心头,久久不愿散去:由旅程所激发的吸引与厌恶交织而成、总是带来刺激的大网中,一些城区天生就是一个绝境。但我总觉得一个有选择性的出发点,就像充满活力的沙漠旅店或边境休息处,从再熟悉不过的西部博卡日边界,向一片未知领域探寻,是更具冒险性、更有吸引力的旅行。毫无疑问,我已太久没有登上开往南部的火车,我觉得那儿多少有点像美国的城市,人们在那里下了火车,离开猎杀水牛的火车头,乘上不知去向的公共马车,踏上西部探险的旅程。

驾车前行。公路单调、缓慢的变化令人困倦,所有这些都成为记忆中一段漫长旅行所表现出的不真实的魅力。那是一条爬坡缓慢的公路,花去了我整整一个下午的时间,从三点钟光线还不太耀眼开始一直到夜幕西垂,带花纹的柏油路罩上了一层黄色的金属网。我们几乎意识不到正在不断向上攀登。最先让我们注意到这一点的是嵌在高原间的山谷不断变深,公路穿行于高原间——每一次,山谷变深、变绿、变得更加湿润;远远地就会由意大利杨树高高的长矛般的树干标志出来。在城市周边依然活跃的公路贸易,在这里已然停滞;我不时穿过狭窄的市镇,房屋紧贴马路排成两行,如同卜测水源人的 Y 型长棍一样对折在湿润的山谷中。渐渐地,通过堆积起的细微的画法,公路变得粗野起来;与此同时,它的轮廓变化多端:长长的、笔直的,绵延不断。汽车刚刚行驶在公路上,现在已被丢弃在荒僻公路海上巡航般的轰鸣声中——在这缓慢向上的路上,我觉得正驶向一片越发荒凉却越发翠绿的土地。与其说这是条令人困惑的公路尽头,是一座城市,还不如说是一片高处的森林。

树木……最早只是在谷地出现,杨树排成了行行纵列,在湿润的草地吸取养分。此外就是远方空隙间的高原,一片核桃林将低矮的树枝压在分租田周围干燥的石围上。现在——就像不知在哪里结队出发的人群——越来越远地仿佛警戒一般,从四面八方朝公路涌来。公路两旁被茂盛的绿草覆盖,不仅有叶片光亮的纤弱的核桃树,还有暗绿色的栗树,映衬着显黄绿的玫瑰花。它们的树荫如此厚重,叶子如此浓密,在任何一个被这些绿色高塔笼罩的角落里,再见不到干枯的稻草和散发着焦味的茬子,取而代之的是包围在草地间的幽灵草塘,隐蔽的绿色房屋没完没了地间隔交叠,好似覆盖着一层柔软的绒毛,散发着植物的香气涌向令人困惑的洞窟般闷热的隐秘公路。这并非一片森林,那坚固的围墙以及突然的缺口,一阵风吹过,灰色的树干与公路形成了明显的界线——这同样不是比树干更为浓密的荆棘树篱——这是植物界血的狂热,它一点点向着公路两侧慢慢扩张,形成一片绿色的暴风雨。树枝已经伸到了公路的上方,刚刚过去的那场暴风雨的雨水从上面沉沉地滴落下来:下面沿着长满草的人行道,树篱形成的屏风遮住了全部视线;蕨类形成的软垫起伏延伸到沥青路边。我信步前行,呼吸着宁静的空气,仿佛漂荡在洁净绿色的水中央。在这条植物带中没有一片森林、地窖与柴捆的气味,封闭在散步者与紧闭的房顶般的植物的沐浴中,苔藓般毛茸茸的,它向我们封闭了某些比饥渴更古老的东西。炸开的绿色攀上了这片土地,张开了她绿色的阳伞。远方本是座庞大的城市,却浓雾笼罩,我并非要去那里:我向上攀登,我愿意永不停歇地攀登这高大的树状绿色王国。现在缕缕阳光从树缝中渗下来,除了因灼热而断落的枝条,再没有任何东西能惊动我们的耳朵,有时我以为听到了树木的呼吸。

在这寻寻觅觅之间,是否有个独一无二的目标鞭策着我沿这样的公路前行呢? 有时,我似乎追随着一个纯净的统一体——树木、草木以及一望无垠的光秃秃的高原——好让我像艾吕雅①那句令我困惑的"天空中的尘埃"一般落入其中

---

① 艾吕雅(Eluard, 1895－1952):法国著名诗人。早期属超现实主义派,后加入法国共产党。

并融化。

波尔特-雷-奥尔格：狭窄洞穴有着板叠石状的多角星团岩屋顶。当我漫步在街道上时，我无法瞬间忽略掉高悬在城市上方的灰色三角栅锁，仿佛架在支柱中间的铡刀；也无法忘记那蠕虫状的湖泊，它几十米深的湖底伸向这座城市的盖层；走在昏昏欲睡的小街上，很难不抬头望望令人眩晕的水闸。从干涸的人工狭谷中，我似乎感到了难耐的饥渴。阳光灿烂。走出小镇，沐浴着阳光，我沿着鲁河漫步。随着冰层的消褪，河面是那么令人爱恋，彬彬有礼又细致入微，一阵欢欣愉悦从我心中升起，仿佛从处在威胁的下层社会逃出一般。另一次，我路经莫利亚克与萨莱斯：这些小巷林立的黑小城市散发着高贵而质朴的气息，熔岩碎石搭成的建筑物纵横交织而成的方格呈现奶白色，绿色胡桃点缀着石灰墙头，多么清新。

汽车在不知不觉中带我走上的整条路令我欢喜——几乎总是这样，从停泊的某个地方，经过一段长长的缓坡——踏在法国这片空气流通的大地上。带有几分冒险的流浪，比其他地方有着更令人陶醉的东西：即使是利姆森，虽惊喜不足，乏味有余，但处处埋伏着意外。因此，当我从格雷驾车前往布瓦蒂耶时，在阿尔热东高斯这座昏暗的小城，直到那里，也只发出隐藏的火车站名，沿着巴黎—图卢兹一线几乎是抽象标出。进攻队列节奏变化的夜里，在令人昏昏欲睡的左右摇摆中，翻越拉马尔石城斜坡，我发觉来到了黑色的河流边，河水荡漾，船只来来往往，形成了唯一一条人口稠密的长街。一座隐藏在树荫下的城市意外地涌出来，仿佛置身在杜尔或奥布森。高原上坐落着众多这样的小城——比乡镇略大，比城市略小——仿佛酒窖中摆放的美酒,严格排列在峡谷的深处。四周树木镶边,既无镇郊也无城郊:灰色的石屋乌龟一样孤零零排成一群,对抗着高原的大雨。沿着轰鸣的河流,躲在其钢铁鳞片的房顶下。在那里歇脚几乎总是令人愉快的。很少有车水马龙的公路:这些小城似乎是自给自足地紧紧蜷缩在黄昏里。下午的欢愉过后,广阔牧场与邻近森林的宁静降临城中,伴着深夜散发出阵阵香气。

高原上到处都是这些丑陋的小城,它们是上个世纪在山谷中因铁路或矿山孕育发展起来的:圣日尔曼德福斯、蒙夏南或德卡兹维尔,用粗脂灰泥盖的工房,炉渣铺就的人行道,静止的黑烟在城里就像抹不掉的炭黑色污点;没有任何黑色像它这样被衬托得如此显眼。但这片受污染的土地没有任何一处成为油点。穿过纽沙克矿区,空气里含有硫化物和冷煤的气味,公路很快变得蜿蜒曲折了;瞬间,一边沿着布满栗林的峭壁攀爬,一边把目光投下冒着烟的小街,汽车重又找到了山谷外有着纯净空气的路线。

圣弗洛尔:陡峭山丘上立着高塔;漂亮的黑色大理石建成的庭院,草木茂盛。广场开阔,令人想到意大利:这些都是亚平宁半岛或阿布鲁佐①古老豪华的小城所拥有的。但我一离开高原顶峰——教堂、主教府、厚重的板正的办公楼以及门廊低矮的门拱,清新、阴凉,就像旧时克斯提耶②王室卫兵的哨所——这片被冲刷成沟的土街成了陡坡,有许多流浪猫以及斑斑尿迹。从平台的高处向下看,远处是峡谷形成的纵深分界线。我看到马尔瑞得③巨大的鲸背向南方延伸下

---

① 意大利中部的一个地区,首府是拉基拉城(L'Aquila)。
② 西班牙中部的一个地区。
③ 法国中央高原的一个地区。

去,厚重的云层滑过比孚日山脉还要茂盛的冷杉林。没有公路穿过圣弗洛尔——远处,城市下方,十字路口。挤满了崭新的加油站和修理站。从这里开始就是向下的盘山公路,山势平缓。起伏的高原在云层的掩映下呈现出道道虎纹,它的上方是这座小城,如悬在世界尽头,城中房屋拘谨地挤在山丘狭小的顶峰,以至于屋门都被压缩成了一条窄缝,人们似乎只能鱼贯而入。这座城市有着一个动听的名字,醇和紧密的发音令耳朵、唇齿感到满足;它的香气以久远市民的纯真构成:圣弗洛尔那里弥漫着康塔尔地区牧场特有的精华,熔岩土上生长着金色麦穗,像炸弹碎片一样沉重,是精白面粉做成的奥弗涅特色糕点。

依旧枯燥的漫漫长路,上帝知道中央高原经常是这样,尤其是向西和西南走。事实上,几条优雅的路段并没有令我厌倦,尤其是当我驾车南行时,中央高原窃取了它的名字:莫尔旺。① 它是唯一的例外,它没有任何一个地方的影子,即使是很远的地方也是如此,触及将法国土地分为南北两边的那条想象中的线。沿着从图尔到巴隆平原的公路行驶,沿途气候潮湿;经过从第戎到马赛罗讷河谷的公路时,愈发明显地感到南方的炎热正步步逼近。但在中央高原,整个夏季长时间的寒冷暴雨,随着海拔下降不易察觉、向南逐渐提升的纬度,一直阻挡了南方的酷热入侵,保持了荆棘丛的潮湿:行驶在那里,假如感于眼前的牧场、树木、山谷以及荒原,会认为这儿更像北方。只是在这没什么威胁的稳固平衡中,在大地或地形任何一个微小的变化的瞬间:炽热的熔岩或石灰岩层,在朝南的陡峭斜坡,为了南方的炎热,在路的转弯处,在

---

① 位于布尔高涅的一个山区。

潮湿的绿色植物中,突然爆发并燃烧起来。这种突然出现的意外足以时刻让我保持警惕。在这些看不到美景的公路上行驶,南方植物的繁茂似乎在草地统一的绿色植物下无休止地酝酿着。当我沿着从洛岱到圣彭这条单调的公路行驶时,首先经过了罗爱尔格①高低起伏的草场,那儿的公路蜿蜒曲折看不到尽头,只有一片片的栗树林。但就在我们过了雷奇斯塔镇,穿过特恩,爬上一处陡坡后,回头向下面的河流望去,南面是乱石密布的陡峭悬崖,石头上的眼状斑就像卷曲着抱成球状的灌木丛,这令我想到了孔弗朗②或瓦莱斯皮尔的斜坡。这种瞬间产生的身处地中海的感觉稍纵即逝。只是,出了这潮湿的山谷,重新向上行驶时,却到了另一个地区——蓝山地区:我走出树木的巢穴,进入了一个遥远宁静的国度。黄昏时分,我经过圣塞尔宁,朝拉高方向开去。这里有很长一段高山弧线,我的肺里吸满了清香的空气,远方连绵不断、没有起伏的地平线上浮现出平缓矮小的群山,种满了欧石楠。有些山头上的段状森林,透着夜晚浪漫的颜色,令人联想到日落前,一轮圆月散发的蓝灰与柔和的深灰色彩。在所有我走过的高原地区中,我从未见过比这里更充实愉快的景致:它们像是一件件被精心打磨抛光制成的田园雕塑,一层一层去掉了植物界变化无常的荆棘丛,似乎只追求纯粹的外形和显露本质的表面起伏。光线只投射在圆丘以及粗磨破旧的山脊上;在短暂的白天,在闪光的草丛中,欧石楠和短枝仿佛线条坚固的三维画,以荣耀的明快冲击着我的视线。

---

① 旧省名,位于法国南部。
② 位于朗格多克-鲁西永。

我的记忆总是将一些难忘的旅程简化为难忘的片断，就像视网膜受到了强光刺激后，试图在记忆中联想起整幅画面：也许是被明显的暴力或与之并无差别的画面包围，小城拉高对于我就像是雨后突然从山坡上钻出的一只蘑菇——仅仅是一些小酒馆发出的令人生厌的喧闹声中由一些发亮的板岩屋顶组成的紧凑的圣会。拉高的群山在天沟远处。斜坡上，小镇的屋顶透着白铁的颜色，在我的记忆中它们只是月球上一座高高的小圆丘，整个盖上了一层短毛毡，颜色如焦土或黑羊。我已经到了蒙彼利埃一带，但和之前一样，没有任何景致提示已经接近地中海了；拉高群山的斜坡向南滑下，盆地中的小山丘如海绵般荒芜，那里汇集着阿古①的水流，泥炭藓、蔓、羽毛状芦苇的颤动，令人想到阿登地区的山顶沼泽或雷菲尔山谷的高处。随后公路进入到最后的爬坡，这是埃斯皮诺斯山。到达顶峰后，路变成了城堡小路，通向高大树木间发光的雉堞，前方似乎什么都没有。突然，在最后一级台阶边缘，出现了一片广阔的耕地，直到森林尽头，这是一片一望无垠的植物的海洋，没有人的痕迹，只是在远方洼地深处，圣彭镇粉红色的屋顶露出尖尖角。

我记得，在众多其他旅程中，像这样的路程，平缓的起伏、变换的景致；如管风琴丰富的音色般变化多端的光线，最后戏剧性地向前推进，夜幕垂下，我仿佛置身一出华美歌剧的舞台，当大地之声响起，我独自一人奏响所有乐器、扮演所有角色，而我也是唯一享有特权的观众。

---

① 特恩河的支流，位于法国南部。

* * *

圣于贝尔:无论从名称还是地理位置来看都是阿登林区神秘却名副其实的中心,公路截断了成片的冷杉,穿过森林直通向它。当各色彩车沿街欢庆乡村节日时,我正从一家小咖啡馆的平台上眺望着修道院外墙高大灰黑的大块片岩。它从威严高耸的窗户,以不可一世的傲气俯视着人群,像个大森林的庄园主。

* * *

克雷西①:镰刀般的悬崖挡住了奥恩蜿蜒曲折的凹形带。几年前圣灵节前夜,我在一间磨房改成的旅馆歇脚:河边是一片草地,在阳光直射下,圆形的苹果树树荫在树枝下聚成一团:夏日诺曼底的麻木,带着树叶的安宁包围着我们,还有周日时分无所事事的气息。在乡下,弥撒与午饭间的这段时间过得很慢。在某个时候,我听到不远处村庄的钟敲了几下,随后又什么都听不到了。仪式十分令人疲惫,天空渐渐地蒙上了一层灰色:午饭就要结束时,下起了蒙蒙细雨,轻柔地落在桌上、草坪上和河面:这场五月轻雨仿佛药茶般柔和,树叶像绿色的海绵一样,在它的滋润下渐渐膨胀起来了。

五月的天比其他任何月份的天更加阴沉;它为作家克洛岱尔献上了一个我所见过最美的诗题:《阴沉的五月》。灰色

---

① 位于诺曼底地区的一个城镇。

的天空下,五月的和谐对我来说同维庸的诗句是一样的:百合花开的园子,淡紫与墨绿相间:一种轻丧服的颜色占上风的压抑的和谐。

* * *

游览莱蒙河法国河岸的小镇时,我驻足在避暑的人群中,驻足在游乐场、在混凝土搭建的如潮的房屋中。我发现——依云与都农除外——这些村庄还是日出而作日落而息。夜幕一降临,大路上声音尽失,村庄一片寂静。古老的灰色房屋多少有些破旧,垂钓者聚集的咖啡馆,湖边的林荫小径,夏夜甚至使卢瓦尔河香气四散,黄昏时分拍岸声徐徐升起。我似乎觉得,位于瑞士沃州湖边的拉马兹精神被郊区的小块土地所追逐。在船桨发出的无精打采、平淡的撞击中,聚拢在岸边的这些宁静的小村庄上方,湖水与森林之间撞击发出的声响,无需太多的相似之处,我总能想到《新爱洛伊丝》中停靠在梅勒瑞①岩石下的小船。

* * *

萨雷尔②的小街,老鹳草发出的荧光在窗户上闪动,映衬在长有白色斑点的岩墙下,显得比任何地方都兴奋。微风吹拂下,倾斜的熔岩高原仿佛丝般光滑的毡垫,随着线路的转换,闪烁着不同的光辉,就像块东方挂毯,在逆毛或顺毛方

---

① 法国乡镇,位于上萨瓦省。
② 法国乡镇,位于奥弗涅地区。

向观察它,它会时而明亮时而昏暗。走出花岗岩高原上茂盛的林荫小路时,看到几乎遮住太阳的熔岩高原那上升的庄严的长线时,我总是怦然心动:那几乎是神秘的攀登之路,精神之路上升到了耀眼的简朴。在这没有年龄的奥弗涅,在这古老的月球碎石掉落在法国中部形成的土地上,在风干的草地发出的令人眩晕的酒香中,在晚些时候散发着羊毛粗脂与牧羊人小屋炭黑味道的洞穴中,在棕色短头型原始人中间有我的第二故乡。

*　　*　　*

枫丹白露森林,我把它当作树木之城来参观,每个街区都独具特色:或严肃或微笑,或严谨或漫不经心;随着散步者经过,它时而微笑时而沉下脸。石子铺就的主路与压得实实的土巷,杂草丛生的死胡同,单调的蒙梭平原(老瑞龙十字路口周围),勒比那弗罗兹十字路口高高盛开的鲜花,一切都兴奋地晒着早晨的阳光。外来的脐景天,在往来交织的街道网中间,隐隐约约有些不吉利。从拉马尔到埃韦,我突然感到一片开阔,我再次在广阔的圆顶上感受它。迎着风,它将菲斯的山脉高原的一部分削平了。从明到暗,从橡树林、山毛榉林到松树和冷杉林,在云彩飘过的瞬间——在驯养的森林的欢迎中,没有任何情感更富变化了。作为一个郊区城市,四周围绕着寂静,这种寂静源自它并从它那里释放出来:国王森林或勃若勒①的街道向森林延伸变成羊肠小道,几乎同时沉浸在静止的绿荫中。绿树使小街膨胀并使声音窒息:就

①　位于塞纳-马恩省的两个乡镇,都是枫丹白露森林的周边小镇。

是边缘居民点缀其间的绿色空间。

　　大路秘密的斜坡弯弯曲曲地通向中心茂密的灌木丛：森林迷宫有着令人迷惑的、不受神经支配的网状结构，它似乎完全是在一个秘密房间四周谋划出来的。任何一个在林中闲逛的人都会很自然地陷进蚕茧般的森林中。假如他没有地图或罗盘，除非有小拇指的石子，否则难以脱身。

　　　　　　　　　*　　*　　*

　　在从瑞典哥德堡到北部于米亚的列车上，车一开我就睡着了。列车一直开出很远，直到斯德哥尔摩的北部，我才醒来。穿过一片非常稀疏的森林——桦树和冷杉——它占据了四周都是铁轨的起伏不平的高原；一条小道从森林中延伸出来直至铁轨，在道床前被超越的弧线截断，那弧线就像俄罗斯三套马车的缰绳。列车在深夜时分都下空了，就像人类离开了风景；从车窗泻下的清凉的空气与春天早上的清凉不同，它不再一个阶梯接着一个阶梯地标记列车向着弧形阶梯抽象地逐级攀登。天色灰暗，空气如此静止，仿佛正在沉思。列车带着微弱的声音前行，不紧不慢。以一种没有变化的海上速度前行，仿佛一艘无人驾驶的大型客轮在穿越一成不变的大海。当我穿过空荡荡的车厢来到车尾时——没有行李车——透过后面折箱的玻璃窗，望着铁道的曲线变化从开始到消失，直至有些晕车恶心；除了两条铁轨，铺成道碴的粗糙石子、冷杉和桦树，什么也看不到。这奇怪的森林曲线越来越远，似乎直至布瓦的入口。我觉得，在这个寒冷阴沉的早晨，我的耳朵已经越过了一个阶段，向着寂静前进，因为突然的松扣声而变得麻木，就像我准备进入到攀登山口的阶段一样。

*　*　*

　　"这一片处女地，这一片银光闪闪的灰色土壤，这里有欧石楠的对头锦葵，点缀着纤弱的桦树，沙土，泥炭沼，令这片土地显得格外阴沉。这是向着东方伟大的撤退，它应是通向西伯利亚，那里就像一个闪着苍白光线的深渊吸引着它。"这是米歇尔·图尼埃①在《桤木王》中的精彩片断，它占据着句子的最后一个成分，就像来将其打开，就像用扇子对着未知的前景突然一扇，一半是风景，一半是玄奥。

　　似乎只须用拇指轻轻一推，就可以将我的想象推到东普鲁士的孤独上来（我只在索尔仁尼琴的《8月14日》和一本摄影集中认识到），是所有我没有见过的风景中挑选出来的其中之一。那里充满了寂静、植物的香气和静止的河流，波罗的海夏日美丽阴沉的云朵稍稍令其暗淡。那里的小城，马市所在的中央广场周围是棋盘般的街道——奥尔什丁、奥斯托达、迈德伯格——这些方形的北欧风格小城，所有的出口都朝向森林，有着十分干净的大房子。殖民的奢华体现在这曾经住有原牛②的森林和池塘中间。这些池塘比起欧波黑湖更令人麻木，1914年从沉睡的美丽森林迷宫中走出来的圣索诺夫步兵惊愕不已。

---

① 　图尼埃(Michel Tournier)：法国作家，1924年出生在巴黎，1970年获龚古尔文学奖。
② 　家牛的祖先，曾遍布欧亚大陆，现已灭绝。

*　　*　　*

　　平坦，在海平面高度延伸，一爬上山丘中最小的一座，比
古丹(pays bigouden)的土地就尽收眼底。视野一直延伸到
环绕北方的长长的山脉，从坎佩尔的斯滕格拉德延伸至万恩
海角，位于中部的普洛加斯特尔圣日耳曼细长的钟楼十分显
眼，随处可见。这是一座封闭的小城，在这些黑色的月份，风
暴喧哗着从一头到另一头席卷这座城市。卡斯蒂利亚的名
字被居民的浓雾所浸湿。打伞的妇女戴着鼓鼓的圆锥形高
帽，每次晃动脖子而突然颠簸的高帽仿佛独角兽的角一般，
使这里的一切都带有古老的野蛮魔法的痕迹。这是一个几
乎封闭的口袋，从布列塔尼的最尽头跳出，坎佩尔在奥德河
河口勒紧了细绳。土地的四分之三都是岛屿：那里，在破旧
的凯尔特小屋深处，有着更为浓重的布列塔尼的痕迹，在这
有着明显半岛特点的异国风光里，异域色彩浓重。我有时
想，比古丹部落依然保持这种意识：几天前在皮耶尔·雅
兹·埃里萨①书中的照片上，我高兴地看到著名的帽子几个
世纪以来加高了那些死板的构造，终于达到符合规定的 33
公分，这也只是几年前的事情。每次回到这块土著居民的保
留地时，印度化痕迹如同征服者后裔的痕迹一样（除此之外，
它还扎根在庞马尔②周围）。这些最初的有黑色衬裙的钟
楼，背后飘拂的饰带，最初几座呆板的角楼，就像我在诺尔兰

---

① 皮耶尔·雅兹·埃里萨(Pierre Jakez Helias, 1914—1995)：法国作家，出生
于比古丹。
② 比古丹地区最西部的乡镇。

(Norrland)①看到的肋形胸饰、饰带以及拉波尼（Laponie）②
地区红黄蓝相间的饰带一样。

*　*　*

经德国去往法国途中，不仅住宿条件恶劣，村庄的不修边
幅也令人惊讶。模样清贫的法国乡村小屋旁边是高大的未加
任何修饰的德国房屋，它的山墙房顶切开的墙面让人联想到
汝拉山的大片房屋。房屋内部十分丰富，我猜想环绕着它的
主要家具：漫长冬日里巨大的陶瓷长柄平底锅像圣诞故事中
描述的家庭城堡那样。在这片法国风光中，我的目光被村庄
布局久久吸引，每个村庄都呈现出一幅独特的面孔。我注视
着它，比起其他村庄，这里显得更加紧凑或更加分离，它们的
距离以及色彩都令其十分的个性化；房屋与其说是一种建筑
技巧的平行排列，不如说是一段乐曲中音符不可分离的回音。
这里特别引人注目，尤其是我从德国西南部的巴德地区过来，
那里的房屋都是具有瑞士风格的有节奏地连续发声的音符，
我又看到了洛林地区村庄的影子，全都隐蔽在无鳞的外壳下，
就像罗马帝国的步兵在盾牌的保护下挺进要塞的突破口。

*　*　*

昂古莫瓦③或尼奥尔特④白骨色的城镇，在夏日的炎热

---

① 瑞典的一个地区。
② 瑞典北部地区。
③ 法国旧省名，相当于现在 Charente 中部。
④ 法国旧省名，相当于现在 Charente 西北部。

下显得格外苍白，似乎都变得狭小了。这里的谷仓、教堂和房子，都带有鲜明的古建筑风格。在看到木日（Mauges）①的那一瞬间，我很惊讶，人类在此处对田野的规划独具风格，简直不像座村庄。比起其他我所见到的乡村景象，这里更能打动我，大概是因为此地有纪念意义的景象与我出生的那个城镇相似，平淡无奇又重经翻新，那些旺代暴动造成的战争破坏（拿破仑已经补偿了旺代，或者说已经开始做了，已历经数年），全部的神秘和全部的历史环绕在其与博卡日绿色迷宫紧紧相连的周围。

*　*　*

赤裸的荒地上，阳光的炙烤下，脱色的干蕨百叶窗的米色格外明亮，这令我想到遍地纤细的植物骨骼，踩在脚下发出的声音就像踩碎玻璃一样。这不再是十一月吸水植物"冬天的蜕皮"，而是一片植物的坟地，被阳光晒得发白，它那易断的干燥状态似乎揭穿了我们这里冬天多雨的谎言。

孤独的死亡植物残留的湿气仿佛突然的拒绝，往往顺从地消失在腐殖土里。似乎巴尔干草原上的菊科植物也是这样，风长期席卷着大地上大片的刺球，就像绿色的勒木尔为墓地和长眠而忧虑。

*　*　*

正如人们所经常说的那样，瑟姆瓦河就是兰波诗中所描

―――――――――

① 位于法国西部的马恩-卢瓦尔省。

述的卡西河吗？无论从哪方面，它都当之无愧，在我看来更是
如此：对诗歌描绘的画面作随意的联想，令读者获得无穷的力
量。很少有地方像森林那样神秘，在比利时南部的阿登有着
物种十分丰富的拖地长裙，瑟姆瓦河蜿蜒迂回，就像衣服的折
边缝了又缝，延伸几公里几近边境。一离开它的诞生地——
阿尔隆地区的林中空地，刚刚进入高原，河流似乎在山谷被森
林而不是起伏的地形抓住了。我没有见过任何地方，就像有
时在埃博蒙和布隆①间的公路上所见到的：一个无形的手指挑
开树叶的窗帘，在寒冷的早上，浓雾划过河流上方，仿佛在四
周镶嵌着皮毛花边的镜子上吹了一口气，令人感觉暗淡无光。
一个抓不住的胆小的形象在这没有路的树林上空四处飘浮；
对我来说，"长着狍子眼的公主们"就在这里闲逛。她们身披
绿衣，从克洛岱尔那首美丽的诗《昏暗的五月》中来：

　　树枝披上了纤细的发丝
　　树叶贴上脸颊
　　她们用手拨开树枝
　　她们用野性的眼睛观察着周围

　　我以前在沃尔特的观景楼见过比利时沃尔特河的蜿蜒
曲折，穿过海西褶皱的森林，饰带般的河段往来迂回，没有给
小路或草坪留下任何空间。沿着瑟姆瓦整条无人居住的河
段，我不止一次地觉得依然是这条留下最初伤痕的森林饰带
环绕着狭窄的河流，茂盛的树枝一直涌向河岸上方，垂下的
枝条将其完全掩盖起来——从美国普罗里申市的峭壁观看

---

①　瑟姆瓦河流经的两个比利时城镇。

密西西比峡谷总能令我心潮澎湃。沿着这条看不到下山路
线的神秘分界,我的心绪几乎都被打乱了,只要轻轻一瞥,就
会看到森林与河流如此紧密、亲近地缠绕在一起:我想到了
麦尔瓦尔德森林①狭谷中几乎不可靠近的隐蔽处,这里是欧
洲最后还未经刀砍斧砺的地方。在默兹山谷,没有太多的空
间和居民,当黑色的河流②在默兹女神的脚下,在莱弗尔的
峭壁之间静止。这种孤独,这沉重的寂静,几乎令人感到一
种来自原始森林的威胁,就像是一只笨重地蹲在那里的野兽
般栩栩如生。但在这个被如此保护的僻静之处,在这个欧洲
小城依然蔓延着孤独的气息,兰波③曾说过:

卡西河水静静地流淌

在陌生的山谷中:

众多乌鸦的声音为它伴奏,的确如此

还有天使的声音:

杉树猛烈地颤动

当阵阵风儿吹过……

然而作为一个不详之地,当黄昏降临,透明的雾气在默
兹河上方缓缓升起时,树木缄口不言! 在姆扎维④,1940 年

---

① 位于捷克共和国境内,意为"波西米亚森林"。
② 指默兹河,全长 950 公里,流经法国、比利时、荷兰,注入北海。
③ 兰波(Arthur Rimbaud,1854—1891),15 岁就擅长写作拉丁文诗歌,掌握
 了法国古典诗歌的传统格律。从 16 岁(1870)起,他常常外出流浪,和比他
 年长 10 岁的诗人魏尔兰关系亲密,但后来发生冲突,魏尔兰甚至开枪打伤
 了兰波。现存的兰波的诗有 140 首左右,主要在 16 至 19 岁期间所写。在
 兰波早期的诗中可以看出帕尔纳斯派的影响,后期诗作加强了象征主义色
 彩。主要诗集有《地狱的一季》、《灵光集》。
④ 比利时瓦隆地区的一个乡镇。

5 月 11 号,在黑夜即将到来的昏暗里,几个德国士兵最先从树木的覆盖中走出来,无意撞见了一片浅滩,渡过了瑟姆瓦河:战争中的一件小事,却是命运的安排。它分开了韩茨戈①和克拉②的先锋部队,他们再也无法结合在一起。阴险的裂缝,隐藏的威胁,正是这条寂静之河,两天前预示了色当之战的炮声。

昏暗的五月!仍旧是 1940 年!我的确从未穿越过这片叫梅埃尼的土地,这个航道狭窄的国度,这些辉煌的绿色森林,它在 40 年代遮盖并装扮了侵略的部队直到最后一分钟,就像过去的苏格兰杜希纳森林一样,自己受到枝条的责骂,无需战争的记忆回来使这里重新住人,过着幽灵般的生活。我过去曾说存在着"风景－历史",这些风景眼睛是看不完的,它不会个人化,有时甚至不会和其他风景区别开来。不同的历史时期,光辉的或悲惨的,赋予他们特征,令其在所有不确定中显露出有利的一面。在我看来,阿登就是"风景－历史"之一:它不说话,当我重新看到它并穿越它时,它给我的想象是如此强烈,给海悉尼森林独一无二的图画,在我们的心中那里依然无边无际,没有公路。它还令我想到了特托布尔格森林③的样子,有三个阿尔米涅斯军团那么大,却依然寂静得令人忧虑。

对我而言,配得上这个名字的主题,很大一部分处在诗歌、地理和历史这样一个十字路口旁边。这样的主题只能以大管风琴的方式演绎:多亏有多个键盘可以同时按下。

---

① 韩茨戈(Huntziger,1880－1941):法国将军。
② 克拉(Georges Corap,1878－1953):二战期间的法国将军。
③ 位于德国下萨克斯州,该森林一直被认为是公元 9 年特托布尔格之战所在地。

* * *

自战争以来,我从未再见过在秋天的海滩上升起孤独的标记,这是向着假期的动荡和欢乐几乎神秘的告别:菲尼斯泰尔省哥蒙尼埃的烟雾。在秋分潮过后,人们在沙滩长长的沟壑上,点燃成堆的干海藻,并让下面通风:燃烧后,人们收集起苏打状丰富的灰烬。我经常在圣歌诺尔附近观看这些工作。很久以来,现代化学工业早已摆脱这种史前的手工生产方式,抛弃了覆盖着烧炭人磨刀石的火堆。但在我看来,秋天的诗意多少清空了十月的沙滩。这是一股晃动的青烟,起先几乎是透明的,就像夏天公路上的沥青在炎热的高温下引起空气的震荡,随后,逐渐加密成一股灰白色的烟雾,从沙滩上方的风中慢慢升起。那里有被烤坏的夏天和低垂的窗帘,以及小小的梦幻般受到威胁却坚忍不拔的灵魂,它在所有海边所有燃烧的火焰中苏醒。

* * *

我总会不自觉地将秋末的景象与空旷的海滩联系在一起,每当我想起1938年在阿尔卑斯山的旅行时,深秋的画面会在一瞬间出现,久久萦绕在心。我在罗塔瑞特①山口等车:在阿尔卑斯山那绿色的花园附近有一家餐馆,或者说是一家孤单的小旅馆,在那儿,我面对着群山用着午饭。已经是九月了,这使阿尔卑斯山一下子变得空旷起来;但却是一

---

① 位于法国上阿尔卑斯省。

个空气新鲜、阳光明媚的九月，至少向阳的山坡还很温暖；在餐馆露天的平台上，坐了两三桌的客人。我们对面是用石块垒成的柜台，从它的顶端向远处眺望，在辽阔的景色中，两三个旅行者孤零零地在乱石中向上攀爬，向狭窄的岩石壁靠近；平台上，一个用晚餐的客人不时地通过望远镜懒洋洋地看着他们。群山间，我们听到的唯一声音，就是远处攀岩者脚下的碎石滚落发出的爆裂声。与海洋不同，大山是受季节限制的地方：这里位于已经下降的雪线之下，当冬天的活儿和牧场转场工作临近的时候，出于健康和生产的必要，急需将剩下的大量畜群从岩石的花园中驱赶走；而在烈日下，依然坚持的小小娱乐活动眼看就要干涸，就像被沙土吸干水分的北非河谷一样。我不会带着遗憾离开这里，因为当我返回时，在九月黄色的阳光下看着消失的海洋，还不及独自一人在阳光下伸个懒腰：顶峰的日晷仪预报关闭的时间到了。柔和的光线浸润了斜坡，在夜晚的寒意降临之前，召回那些执拗的度假者并不是它唯一的工作；我强烈地感到，这里就是充满欢乐的伊甸园，它毫不容情地合上罩布，关闭栅栏。

* * *

喀斯梅让①全部都是灰色的石子，斑斑点点像只珠鸡，看不到一点绿色，放眼远眺，干涸的拉弗涅②在田野的尽头，充满了塞维拉克石灰岩高原的特点。我穿过它广阔的森林，沿着从卡努尔格到米洛的公路前行，直至看不到它；米洛和

---

① 位于法国中央高原。
② 石灰岩高原上的洼地，可供家畜饮水。

罗德维之间的拉尔扎克石灰岩,现在有一条繁忙的公路从中
穿过:我在那里根本看不到凯拉尔废墟状的小山丘,不知道
为什么我总觉得这就是沙普①电报局里一件纪念物的自然
底座。

欧巴克②整块玄武岩的十字架,粗大得几乎不成形,头
部和双臂都非常短小,歪斜地立在一块简单的火山熔岩形
成的堆积物上,似乎是连接巨石建筑世界与基督世界的
入口。

欧巴克的村庄——那斯比纳尔或圣于尔茨——有着奇
怪的布局:角落里长满了没有什么珍贵用途的草,建在斜坡
上的小广场,兔子窝似的死胡同,狭窄的街道,那儿的房屋出
于一种特别的喜好自发地将肩膀露了出来。这没有街道的
分级,而是理智地贴墙而建的阿尔卑斯山的村庄,日照统治
着一切,就像是一种独特的爱好,执拗、不牢靠,凹凸不平。
像圣于尔茨这样的村庄完全配得上阿兰-傅尼耶③小说中圣
阿卡特一处城区的名字:小角落。黑色熔岩墙下、后院、小广
场,到处都长着茂盛的草丛,仿佛这个村庄一直都无法割断
与村外肥沃的牧场相连的脐带一般。

一种并不强烈却难以抗拒的喜好将我年复一年、永无休
止地带向赤裸的顶峰——玄武岩或火山岩——在高原南部

---

① 沙普(Claude Chappe, 1763—1805):法国发明家,人类历史上首位提出无
   线通信的人。
② 位于奥弗涅、南比利斯、朗-胡三个地区的交汇区。
③ 阿兰-傅尼耶(Alain-Fournier, 1886—1914):法国作家。

中央:欧巴克,塞扎利埃高地,普拉奈斯高地,高斯高地。我觉得在法国风光中完全外来的地貌都聚集于此:如同一块光秃秃的大陆突然重现,覆盖着广阔无垠的博卡日地貌的田野高处,它们就是我们土地的平凡之处。在连绵茂盛的树林里,只有庄严朴素的圣徒的秃顶,这是几乎没有风景的简朴画面。对散步者而言,它牢固地将海拔的感觉与高度的感觉融合在了一起。

朗格多克-鲁两岸地区的梅鲁埃斯(Meyrueis):几辆载满老年游客的大巴停靠在我吃午饭的餐馆那里,吵闹声让人几乎无法忍受:酒足饭饱的宴会结束后,没有什么特别的,只有兴奋的老年人沙哑的笑声。在这些荷兰人寻欢作乐的混乱结束后——从山谷上方的崖壁曲折地攀援上来——我觉得就像在《溶化的鱼》(Poisson Soluble)里那样,一个个披上清新空气的外衣。

* * *

1929年暑假,我住在伦敦郊区汉普斯蒂德,拜尔塞斯广场附近的一个家庭旅馆里,那里住了五六个与我年龄相仿或比我略小一些的男孩女孩。除了早餐和晚餐我们在一起吃以外,从来没有人和我一起散步。我整天漫步在伦敦的街道、博物馆、广场和公园,独自一人,观看着这座独特城市的大小和生活方式:靠着没有标记的无目的的闲逛。走累了的时候,就搭上一辆露天公共汽车,找一个迎着风的座位坐下来,阳光照在脸上,微风拂面:一离开市中心,我就像个昏昏欲睡的醉鬼一样游览着街道两旁以及栏杆后他们自己的千万个样子。砖制的楼房,并非像兰波的诗里描写的那样是带肉的血色,而是肉铺中肉的颜色。我任由自己像个吸毒的瘾君子一样,一直坐到终点站,有时坐半小时,有时坐两个小时。城市永远不会结束;我感觉在任何一个地方都没有真正走出伦敦:城市的网线一点点地沿着街道展开,没有中断,带着弹性。漫不经心地让乡村浸透其间而并非真正地代替它,就像一个吸水膨胀的海绵:除了一些低矮的房屋外什么都没有,到处弥漫着烤焦的味道,更自由的风;宽阔的绿地上,发黄的草坪一角,几个男孩在人造板球场前站成方形,他们那几下挥动球棒的姿势已颇具职业选手的风范了。哦,砖房的故乡——巴贝尔的矿工住宅区——巨大的、无形的城市斑点渐渐缩小了这些并列的没有后代的草坪的范围,就像墓地神经支配的划分!

当我从纽黑文乘车到达维多利亚站时,伦敦的面孔很容易就呈现出来;斜坡的马路上是一望无垠的杂乱的城市耕地;粗糙的砖块条纹纵横交错。有一封描写伦敦的天真的信(她来这儿看望她的弟弟)是瓦利·兰波[①]写给她姐姐伊莎贝尔的;伊莎贝尔在回信中说"火车在屋顶上行驶"。

汉普斯蒂德荒野。在北部的边缘一切都发生了很大的改变。这里过去不是公园,而是没有明确界限的城市里的灌木丛,是个被遗弃的半公园,模棱两可的土地。它的南面有一排紧挨着的房屋,向北面的灌木丛延伸。夏日的夜晚,当我吃完晚饭到这里散步的时候,总会想象这片不真实的土地

---

① 瓦利·兰波(Vitalie Rimbaud):诗人兰波的母亲。

改造成剧团人员经常光顾的广场的样子，爱伦·坡①曾非常奇怪地把这里想象成巴黎周边，好将《玛丽·罗杰疑案》的背景设在这里。假如我在这里逗留稍久一点，假如我在黄昏后回去（那个时代，没有结婚的情侣在伦敦的旅馆里找间房子根本就不可能），就会听到英国情侣们的浅吟低唱在灌木丛中几乎连成一片。当我沿着公路越走越远时，这声音让我想起癞蛤蟆临死前呆滞短促的喘息声。

差不多才到伦敦，我就爱上了板球并上了瘾，就像 40 年后在美国爱上垒球一样。才到下午，为了观看孔岱的比赛，我从住的山丘下来朝罗德体育场走去，有时为了国际比赛，我会去亨廷顿板球场。我可以眼不离球，连续几小时观看比赛，穿白色制服戴软帽的裁判昏昏欲睡的穿梭，男士鸭舌帽下明快的外形——穿着灰色褶皱护腿——一个个从赛场回来，向大楼走去，球板夹在胳膊下——caught in the slips——带着一股无法模拟的冷淡。下午时，五个小时的漫长休息打断了这些运动员的斗志，在俯视着人群的大楼平台上，我看到穿白衣服的人们围坐在小桌旁喝着咖啡，就像游艇上的驾驶者一样，懒洋洋地恢复到冷静复杂的比赛状态之前，毫不慌张。那年夏天特别的热，太阳在麦茬金黄色的粉尘中消失在地平线尽头；队员们又重新回到了小楼，人们悠闲地涌出，占满了一个小公园，重又恢复等待下一场并不激动的比赛，因为比赛通常会持续三天。时而，在小阳伞包围的夏日闲逸中，瞬间的出色表现让我的眼前突然一亮：唐·布莱

---

① 爱伦·坡（Edgar Allan Poe，1809—1849）：美国短篇小说作家，诗人，评论家，编辑，代表作《乌鸦》。他的《乌鸦》（1845）被认为是世界文学中最著名的诗歌之一。

德曼①在几个小时以来耐心等待着他的第一次失败的人群中，冲击边线。或一个蹲伏的运动员，为了在贴近地面处拦截住对方的球，从地上一跃而起。

假如说巴黎——尽管有那些沿河公路——几乎每一处都因塞纳河而生辉；像个游泳池，沿河有石阶，绿树成荫，常青藤爬满墙面。所有的街道似乎都由一条快乐之线引导，就像夏天花园里通向水池的小径。泰晤士河，生意港湾的底部，几乎在每个散步者的入口设阻，它们护卫着通向港口的通道。那些高悬的河岸非但没有在中间相交在一起，像在荷兰阿纳姆那样，使塞纳河成为一面完整的都市镜子，差一点像海王星池那样具有装饰性。相反，这里是河上交通。浓雾、煤、烟、货箱还有起重机，所有这些似乎吞噬了这座城市，并将它推到被讨价还价的嘈杂所阻断、玷污的中国城岸的后面。我对商业的泰晤士河没有留下什么印象，尤其是泰晤士河下游，狄更斯笔下苍白的商业港口，尖利的山墙挡雨披檐下的滑车，幽灵般苍白的羊毛粗脂，被浑浊的汩汩声堵塞的死胡同，翻板活门，粘稠地延伸到污水中的阶梯。我不常到这样的地方散步，这个声名狼藉的白色教堂区，我令人尊敬的房东比格士夫人的"索多姆和戈摩尔"②。但我一直记得伦敦近郊的理查盟地区，它的茶叶店像只搁浅在岸边的小舟，那儿的海湾朝向依然保持着乡村风貌的泰晤士河，讲述躲在矮树丛后的柳树、草坪以及牛津平底船的故事。我曾很喜欢英国皇家植物园，那里维多利亚时代的英国，就像哈德良时期的古罗马帝国

---

① 唐·布莱德曼(Donald George Bradman, 1908－2001)：澳大利亚板球手，被认为是最佳投手。
② 是《圣经》中两座被摧毁的城市。

的胜景，为了让深深的浓雾散去，移植了这些高大的、树叶飒飒作响的热带拱形树木，它们自始至终荫蔽着吉卜林的小说《丛林之书》。

　　几年前，我读了保罗·莫朗①写的一本关于伦敦的书；带着好奇心和求知欲，从那儿了解到这座我几乎一无所知的城市。阅读这座城市有多难，知识量有多大啊。它被从纵向和横向切开，又毫无秩序地和城区的长远规划胡乱地缝合！在一个炎炎夏日，我手拿地图，闲逛伦敦，时不时地求助于警察。警察带着不褪色的柱形尖顶头盔，站在那里纹丝不动，指挥街上的交通，并头也不回地挥动着交通指挥棒给我指路（直走，再问），有时就像在一片遥远的森林里寻找一个令我迷惑的名字：大象与城堡②，或一片城区，它的名字充满了我的想象，使我不知道怎样的田园风景冒了出来：马德里瓦尔③或高特格林④，曾是没有欢迎和界限的伦敦，干燥的砖砌成的地狱，爱伦·坡笔下的伦敦，百万普通百姓的伦敦，小职员、打字员、塞尔福里奇百货公司或哈罗德百货公司女售货员的伦敦。为了一顿匆忙的午餐，我在房屋一角频繁接触他们。带有毛玻璃和奇怪始终的酒吧像妓院一样令我惊讶：我一次都不敢涉足那里。我一个英国家庭都不认识，只好像只爬在玻璃上的苍蝇一样在街上没头没脑地闲逛，总是停在边缘，撞上那层坚硬的边框，它保护着城市中心，令我永远无法接近。周日，我有时会到海德公园聆听宣教者的露天讲演，那些受教人所表现出的完全盲目的崇拜令我大吃一惊；那些

---

① 　保罗·莫朗（Paul Morand，1888－1976）：法国作家，外交家。
② 　伦敦市的一条主要街道。
③ 　伦敦西部的住宅区。
④ 　伦敦北部的一个地区。

耐心的听众其严肃更令我困惑:有时我似乎觉得行走在一群极其体面但却装模作样的人中,在那儿我时不时地撞见教友派教徒先兆性的全身颤抖;不只一天,在重新向着我的汉普斯蒂德高地攀登时,炎热和孤独的流浪使我筋疲力竭,因这些没有交流和语言的戴圆顶礼帽的幽灵们无言的接触而虚弱,我也会大喊:哦,上天之火降临在这《圣经》的城市吧!

　　20 年代的英国妇女依旧是戴着插有鲜花的帽子和对拉比什的喜剧如饥似渴的英国人:不带任何粗俗也不令人厌恶,就像许多女性在下午茶的时间围绕在利昂①旁。我最后一次去伦敦是四年前了。我感到一种突然的、几乎是不可思议的转变冲击了这里的女性:面容的柔和美丽,穿着和步态的优雅,突然从她们身上消失了。令人意想不到的谨慎难看的女童子军团长,似乎刚刚跳出基督教女青年会(YWCA)的曲棍球场。在这灰色的人群中——比其他地方更灰——一些市镇,时而呈现出一个天使在童年和青年的门槛上犹豫——瓦莱利·拉尔波②笔下的一个天使,成为《为了一个十二年的沉思》中的人物形象。除了伦敦,我没有在任何其他地方见过如此奇怪的打扮,几乎不像人间所有,它抓住了心脏,似乎在这些黑色的人群和通红的老女人中间无罪地燃烧起来。我想起一个小卖花女——大概有十二三岁大——在杜莎夫人蜡像馆向路人介绍几束神秘的鲜花:她向人们抬起清澈的面孔,我甚至不知道该如何形容她的样子,只能笨拙地一一罗列出她给我的印象。我把身上仅有的钱给她,应该是一张五磅的钞票;令我惊讶的是她边流眼泪边自言自语道:天哪! 这大概就是小安娜,流浪

---

① 一个著名的食品连锁店。
② 瓦莱利·拉尔波(Valery Larbaud, 1881－1957):法国小说家兼翻译家。

的安娜,有关她的回忆虔诚地留在昆西①有关伦敦的美好叙述里。在他的《吸毒者忏悔录》中,向世界张开一双无辜的、深不见底的眼睛。所有这一切都被拉尔波回忆弗朗西斯·汤普森②的诗歌轻轻地照亮,他并不知道弗洛伊德曾绝妙地说过:"你,你的性还仍然只在你的灵魂中。"

当我重拾这些回忆,一切都令我相信,它比同时代的法国要深刻得多,后者已经看到乡村的牢固和羊毛长袜③的宗教从深处瓦解(在我看来,两个民族截然不同的态度在1940年的实验中成了试金石)。英格兰的生活——在世界地图中总是用红色标出,用英镑校准着世界财富,划两道横线,像张支票,铁甲军舰航行在五大洋——依然喜爱依靠其力量和信心带动一个时代的社会价值、信念和效用,维多利亚时代品尝到了失去的滋味,但它却带着天真与同样的真诚一如既往地表现,内部有狄更斯的小说,外部则有儒勒·凡尔纳的小说。敦克尔克和1940年的闪电战,在晚了25年后,将法国社会早已接受的、大规模的粉碎机带到了这里,从马恩到凡尔登,毋庸置疑。我来自一个小世界——那里讽刺与怀疑已经腐蚀了一切:我发现了一个封闭的世界,那里宗教作为一个社会,仍旧真实地向人们提供了一个天堂和一个地狱,义务和权利,一个样子,一个地方,一种环境,没有任何有关它们的争论。即使有,也不比一个植物世界的多:一幅水基岩社会的巨幅画卷,轻松地展示了它的不平等与畸形,带着一个它仍不知道的裸露

---

① 昆西(Thomas de Quincey, 1785－1859):英国作家。文中提到的安娜是昆西在伦敦求学时认识的一个妓女。

② 弗朗西斯·汤普森(Francis Thompson, 1859－1907):英国诗人。

③ 羊毛长袜(bas de laine)在法文中有"藏积蓄的地方、积蓄下来的钱"之意。

的、从容的罪恶昭彰。

＊　＊　＊

　　阿姆斯特丹：晚饭后，我常在旅馆附近沿着阿波罗兰大
街散步，修剪得短短的草坪散发着清新的香气，一直延伸
到运河岸边，掩映在柳树、榆树、栗树和杨树丛中；垂钓者
在此处安营驻寨，放下鱼饵，鱼线贴着水面一直延伸到草
地。门牌上显示这个安宁奢华的街区是一个专科医生的住
宅区，类似伦敦的哈利街。运河的另一边，树丛后面，是漂
亮安静的砖结构房屋，墙上爬满了未成熟的葡萄。透过没
有帘子的窗户（早在 1947 年，多德雷赫特（Dordrecht）①已
经令我非常惊讶了），一件人体家具"难得一见地像国际象
棋的棋子般"缓慢安宁地移动，为的是像阿波利奈尔那样
表达，后者十分了解这种迟缓，这种如此镇静的北方植物
般的安宁。割下的干草静止的香气，金雀花黄色的花束在
黄昏的静止中垂下，如铅垂线一样了无生气。沿着我散步
的路线，这种安宁，这种大城市暮色中的麻木，这座城市似
乎在用一种自然的近乎田园的方式告诉所有人：日落后的
清凉时刻到了。

　　一座没有任何首都世俗象征的城市：部委与使馆、旗帜、
办公厅、卫兵换班、冰冷的行政奢华以及标准的豪华大酒店，
但它却保留了一切神秘热烈的特权：艺术的圣殿，聚集的财
富，一种古老高深文化的保存，无须广告和装饰物，上百年的

_____

① 是荷兰南荷兰省的一座城市，占据着整个多德雷赫特岛，荷兰最古老的城
　市之一。

人景合一的巧妙设计。无路的城市，终点城市——没有交通枢纽——它在紧密的运河中自我封闭和自我欺骗：对荷兰来说很偏僻，对世界来说却是中心。因其思想、艺术和对自由的热爱，令严肃的精神转变为冒险精神。

*　　*　　*

不止一次从夏第翁①登上了朗格高原②，我强烈的攀登欲望就像在奥弗涅高原一样。这条细细的山脊向孚日山方向延伸，经过古老的福斯利山脉、墨尔万高原、博若莱地区、居伊、赛万山脉和喀斯，直到高尔比埃尔。令我感到奇怪的是朗格高原在历史上从来没有起到过防御的作用。渐渐地，森林越来越多，山谷中草地的面积慢慢减少了，而且越来越密集，就像孚日山的高山牧场一样。阳光普照在高原上。朗格城的两座方塔屹然矗立在地平线上。那里有缓坡、堡垒，有布满机关的小路……在这个天然的要塞里，人们是不容易走出去的。

这里的景致一直吸引着我，就好像我在这儿要迫不及待地参观什么东西，或是要遇上什么人。

雨下了一整天，弄得人筋疲力尽。终于雨过天晴，我出来透透气，散散步。我喜欢那些密门、壁垒。有围墙的小屋，有点像渔民的棚屋，带个小花坛，种些番茄，插些瓜秧什么的；房前，只有一股轻烟袅袅升起，在空中散开。我还喜欢街

———————

①　位于马恩省的一个城市（Châtillon-sur-Marne）。
②　位于法国东部的马恩省。

道奇怪的名字：克洛尔·康斯坦斯①。那位面色苍白的王子，据说 305 到 306 年统治罗马，在法国却没怎么被人记住。他从城堡出发，沿着陡峭的山坡，一路骑马到了这里，是不是来抵制没完没了的进攻呢？还是来镇压起义？这座城由此而在历史上出名，奇特的名字又给它增添了几分神秘感，但最终还是被历史遗忘了。

朗格高原曾有一条缆索铁道，现在仍可在城墙边看见火车站和小月台。稍远处，生锈的火车头仍在铁轨上，周围杂草丛生。铁路已经腐蚀了，只有电线还悬在上面，耷拉下来落在已经没有了扶手和护栏的桥上。这段过去残留下来的铁路，可能年代并不算久远，却使这座小镇在我眼里变得真实起来。即使它已不像当年一样风采依旧，对我来说，却一切未曾改变。

* * *

斯洛文尼亚：傍晚时分，沐浴在渐渐落下的夕阳中，我的记忆里只留下郁郁葱葱的小山，成堆成堆的干草就像田里的稻草人一般。夜幕降临了，我们要穿越喀斯特地形区，之后要到达特里亚斯特城（Trieste）②，现在还远看不到它。队伍行进得很慢，很谨慎，进入了环礁湖的水域。山色深暗，湖中竖着信号灯。我们自始至终都沿着布达佩斯与威尼斯之间的这条对角线方向行进，经过朝向东方的欧洲古老的缓坡地形。

---

① 克洛尔·康斯坦斯（Constance Chlore，250—306）：罗马皇帝。"Chlore"意为"苍白"。
② 意大利港口城市，靠近斯洛文尼亚。

这块西方的小岬角，要在地图上仔细看才可以找得到。东南面被一种亚洲熔岩侵蚀得很厉害。这真是个相互影响的世界。儒勒·凡尔纳以他精准的、奇特的"文化触觉"，在多瑙河、马耳他和特里亚斯特之间划定了《桑道夫伯爵》[①]故事发生的地点。

*　*　*

《巴黎谋杀案》的作者路易·施瓦列[②]在巴黎中央菜市场看到秘密剥离心脏的景象，或许是真的。深夜里，充满污物的心脏，散发出怪异的、令人恶心的气味儿。从肉铺和下水铺扔出来的动物内脏堆在一起，像乱糟糟的线团，气味传到了市中心。这条街上每时每刻都有人闹事。

在旧城的中心，曾有令人恶心的内脏，布着如此多的神经、韧带、血管、乳糜管。但切除它，从长期看是成问题的。对于施瓦列在书中提到的被丢弃的巴塔尔那令人讨厌的小屋，我不感到任何可惜。

*　*　*

巴士底狱被拆除之后，巴黎就没什么另类建筑了。而另类建筑是如此地吸引人。蒙苏里公园[③]的瞭望亭残破不堪，已近废弃。一时之间，大城市的奢华就简化为开拓一些新空间或者是在旧有基础上翻新。波德莱尔清楚树林的面积和

① 儒勒·凡尔纳的一本小说(1885)，其背景为中东欧地区。
② 路易·施瓦列(Louis Chevalier, 1911—2001)：法国历史学家、人口学家。
③ 位于巴黎市区南部。

城市的呼吸有多大的关系。雨果也许并不是太清楚,但《悲惨世界》对此也有所表现。

＊　＊　＊

树冠经常是转向高处,它的美丽展现给天空。然而,当我们从松林下走过时,进入眼帘的却是落叶、死气和不雅;遍地的枯枝,树底处丑陋的残枝干,干枯、脱皮,就像是插在树干上;上一年枯干的松果,裂开、炭化,在低处的树叶上耷拉着,凝结成阴暗的绿色;松林下部由枯木和干针叶构成。当我们爬上沙丘,眼睛扫过森林明亮的一面时,一切都变了,就连在下面看到的枯萎的东西都在阳光下变得葱绿、明亮、崭新,犹如上过釉一般,神采奕奕的;一簇簇针叶向着天空展开,就像金银丝的篮子。长形的松果到处建巢,在新釉下显得翠绿、金黄,像菠萝一样结实,有果肉的质感,怪不得松鼠如此贪吃松果。

＊　＊　＊

松树:从下面看,任何一部分树叶都不能形成屏障或包成一团;每片针叶、每根枝条互不相接,看不出任何层次和深度,只是指向天空。如果我们仰视它,接近树干,就会发现枝叶由截断的干枝组成,残枝插在树干上,就像鹦鹉的嘴。这让人想起中国画的风格,这是素描画家笔下的树,不是油画家的,是速写爱好者经过加工的作品,就像我们了解的中国人和日本人,非画到线条柔和、优雅不可,从树叶到树枝,从树枝到树架,好像都在默契地配合着画笔一样。

艺术家在对树进行再创作的时候，连树皮上的裂缝也要作细致的勾画。除了忠实，别无他法。他们自成一派，比如竹子，就是艺术家们都热衷的主题。

* * *

森林里的春天：在清晨阳光的照耀下，那些新生的针叶丛显现出了浅绿色的色调，就像是结满了秋霜的含羞草。正在成长的小松果上面已经长出坚硬的小颗粒，显出淡淡的绿色。

我在森林里的沙丘最高处散步，往西边望去，一弯月牙形的海岸，静静地散落在这片丛林的尽头，显得那么孤独。在十点钟阳光的照射下，蓝色渐渐消失，变成浅绿色，继而又变成银白色。我凝视着这一场景，就像欣赏这一幅中国水墨画。这画面似乎不应该出现在这样的季节里。我好像漫步在朝鲜（Pays du Matin Calme）的森林中。时而，在我前面十米处，一颗松果落在铺满针叶的草地上，几乎没有声音。很少有游客会留意到这一幅景象，但我已经和松林打了十年的交道，有轻微的响动，我便会竖起耳朵。有的是成熟的松果饱满而落地，有的是干瘪的松果被风吹落。我拾起一颗松果，发现在它的底部有被锋利的门齿咬过的痕迹，我既没有听到爪子挠树皮的声音，也没有听到嗖地爬上树的声音。所以，这个小东西还没有跑掉，它仍然趴在一根树枝的后面。有时，我会看到晃动着的尾巴尖显露出来，或者一个尖嘴圆眼的倒影，我需要三四分钟的时间来辨识这是哪种小动物。我想它们的心跳一定很快，为了不打扰这些小家伙，我便离他们远一些。

由于临近大海,风力不断增强,整个松林不断地发出沙沙的声音。在松林里,只是偶尔有一瞬间的寂静。

* * *

看松鼠:我最喜欢的观察地点是森林里的一个圆形小沙丘,刚好在灌木丛生的洼地上方,洼地里棕色的水坑整个夏天都被树叶覆盖。我经常看见松鼠从树上跳下来,钻进荆棘里,然而我寻思着它们是否喝水:在这个沙地森林里,到处都有松鼠安居却没有固定的水源供它们喝。我躺在松叶上,很长一段时间,周围静悄悄的,所有的事物似乎都静止不动了。开始我有点泄气了,可是当我想到处在危险中的松鼠,它的防卫方式不是逃跑,而是呆在那儿,一动不动地装死时,我改变了自己的想法。与其说是用敏锐的眼睛去看,不如说是竖起耳朵去听。松鼠出现的第一个征兆就是细齿咬松果的嘎吱声,在五十米处就可以听得见;再用眼睛去证实所听到的;最后看看地上有果壳的地方,那些果壳一个一个的,盘旋落在地上。为了等待松鼠的出现,我几乎没有休息,很长一段时间以后,一个松鼠出来吃食了。它吃一个松果的时间大约是半个小时,只有突然的恐慌才能让它听任松果重重摔在干硬的地上。有时候,一只松鼠在树枝间醒来,突然在你头部上方冒出来,就像《艾丽丝漫游仙境》里的小猫一样。松鼠的动作很机敏,不懂得放慢速度。在吃松果的时候,先是长时间地一动不动,接着是持续不断地剧烈摇动,然后又突然放松全部的精力。不一会儿,树冠变得生机勃勃,松鼠很灵活地在树枝间跳跃,就像长着羽毛的蟒蛇在气垫上爬行。与此同时,还能听到牙齿不断啃东西的声音,爪子抓着树皮发出奇怪的声音，它们是在吵架还是在嬉闹呢？无论如何，当两只松鼠在同一棵松树上相遇，总会互相追逐。最精彩的是：它们鼻子对着尾巴，从树冠上，沿着树干飞快地螺旋着滚到地上。我确信那天在麦迪逊①见到了美国松鼠，比欧洲松鼠肥一些，尾巴上的毛更密，银灰色的，在草地上玩跳背游戏。在议会大厦广场的长凳上，我喂它们花生仁，它们从草地上跳着过来。有时候，它们就在我手里吃；一天，我感觉到它们用小牙尖儿蹭着我的指头肚儿。

　　夜里，乌鸦集合在松树顶端，阴郁地叫着，有浅灰褐色条纹的，有黑白条纹的，然后安静地飞走。鸡冠鸟在树丛间自在地飞来飞去；不时还有喜鹊的叫声；有时还有兔子从沙丘上滚下来。在这个森林里，炎炎烈日下仍然保持安静的就只有松鼠了。我是如此的惊讶，以至于好几次都会停在那儿来观察它们是不是真的总那么安静。因为没有与之相依为命的另一种小动物，松鼠在荒无人烟的森林里过着与世隔绝的生活。跳跃对于它们来说非常重要。有时我就想，这是很令人惊讶的事情，松鼠是最有可能迁徙的动物。在这儿，松鼠感觉不像在自己的家里，它们就像迷路的孩子，四处张望，在树枝上越跳越高；又像一名林中行路的童子军，停下来听着，抬起头来，风在它毛茸茸的耳边吹着。它在空中观看着十字路口，好像在为一个谨慎的偷食者看路；又像怀着既狂喜又担心的心情，以一名开拓者的身份去开辟一片原始森林。

----

① 美国威斯康辛州的首府。

＊　　＊　　＊

为何眼神和脚步会本能地避开森林中令人烦恼的洼地
呢? 每天清晨,当我在蒙特①森林散步时,会遇到一片空旷
的洼地,面积虽小,却难以绕过,令人不快。每次我都低声发
着牢骚,开始穿行。林中的净土与精灵、仙女的舞蹈自然结
合,体现着它独一无二的美名,就像一个世外桃源,一片神奇
的休闲胜地。

我径直向前走进一片火山灰土地,在阳光下,火山灰很
快成了粉末状。我蹒跚至凌乱的树枝间,置身于成堆的灰土
之中,上面布满了划痕。翻过重重阻碍,在沙丘起伏的低谷
中,那些冷却后的灰黑色的火山灰形成一个个圆圈,可以看
出这片土地是烧过树皮和树枝的。这天有点倒霉,谷仓因屋
顶坍塌而毁坏。裸露的土地令人生厌,走在上面让人极不舒
服。不仅如此,带着这种情绪,站在一间房屋前,这座古老的
房子布置精巧,至少有几百年的历史。在伤心的日子里,在
瓢泼大雨所带来的恐惧中,这种不快的情绪终于爆发了。

＊　　＊　　＊

在蒙特森林极其贫瘠的植被间,能看到的动物种类屈指
可数。年复一年都是如此,多多少少取决于季节的干湿程
度。偶尔也会看到小动物,这里的动物分布极不平衡。去
年,野鸽迅速繁殖,今年也是如此。在几乎消失了四五年之

---

① 位于法国旺代省。

后,鸡冠鸟又出现了。我第一年是在沙丘附近高高的松林间看到它们的,从我面前静静地飞过。其中一只黄色的鸡冠鸟,翅膀上有清晰的黑白条纹,喙长长的。它的冠毛向头前方延伸,好像另一个长满羽毛的喙。它静静地飞过,显得那么高雅。在我看来这是一种吉祥鸟。我欢迎它们归来,如动物期盼春天一样。与鸡冠鸟意想不到的相遇,使我回忆起两年前难忘的快乐。那时它们在雪松下掠过,向着圣弗洛伦飞去。

* * *

清晨,我伴着升起的太阳醒来,潮水涨得很高。阳台下,听到混乱嘈杂的搬动家具的声音,那是海浪撞击礁石发出的哗啦声,还带来阵阵凉意,犹如飞溅的瀑布倾泻而下,洗去我初醒的困意。我最喜欢夜晚在阿尔卑斯山听水流湍急的声音,如此的欢快不知疲倦,简直是听觉的享受。在闷热的八月的下午,沙岸上越是酷暑难当,我就越想洗海水浴,倾听大大小小的海豚在海水中调皮,口中吐着水花嬉戏。它们在这一片面积广阔、气候适宜,而且没有被破坏的环境里玩得不亦乐乎。

* * *

斯隆海岸①波涛汹涌,一上午狂风暴雨,一切都笼罩在阴沉和湿热里。之后,太阳重现在湛蓝的空中,海浪冲击着

---

① 位于旺代省。

礁石,我的阳台向前凸出,正好面向这片海。西南风裹挟着海浪涌向陡峭的悬崖,顷刻间,浪花四溅,简直就是不可预见的变幻莫测的奇迹:在离海岸 10 到 15 米远处,在没有礁石的地方,两股浪花时而轻轻碰撞,于是水花四溢,直至空中五六米处;刚刚还在岩石上驻足戏水的巨浪瞬息间便化为浪花,随风而去,宛若银河一现,继而消失殆尽,只留下细沙点点。接着,更多的白浪涌向岩石,霎那间的猛烈撞击就似一堵墙迎面袭来,这使我感到诧异,继而惊呆了。巨浪以超乎想象的巨大力量放纵着,还有那飞溅着欲望的浪花在翻滚着,我被这一切所震撼,以至于一个多小时紧紧地扶住阳台,不敢动弹。

在巨浪取代暴风雨以后,被称之为大海演艺场的地方就彻底改变了(往昔,这种景象深深地吸引过我。我曾去坎贝尔在圣-奇诺列岩石群上看风暴)。一旦达到临界强度,每一个海浪便具有强烈的竞争意识,全都整装待发,使出浑身力气,力争一次比一次跳得更高。此外,如同火灾时,温度一旦达到极点,连那些平时不易燃烧的物品也会被烧掉;风暴一旦达到极限,水面的运动潜能便被激发出来了,而且越来越强烈。大概是因为,每朵浪花都对跳起的高度充满了向往,而且这高度不取决于以往跳跃的经验,它们于是越跳越勇。由此,海面上变得热闹起来,而且变化多端。有时人们还会看到自认为"眼见为实"的景象。海上突地喷出一股形状类似龙的浪,令人震撼。

*　　*　　*

当我到了斯隆,立在面海的阳台上时,依然不知道潮汐的时间,这第一眼看到的,第一次听到的,让我认识了潮汐。大海有时风平浪静,有时波涛汹涌,这都不重要,它总是那么生机勃勃、忙碌和喧嚣,又那么富有进取心,蕴含着汲取不尽的斗志和信心。这一切都使人愉悦,使人振奋,仿佛在说:前进!我们充满力量,这次,我们一定要攻占巴士底狱!

退潮了,大海是如此的逍遥自在,清爽万分,漫不经心;我的思绪亦是如此。尽管刚才它还那么强大、狂野,好像情绪突然神秘的变化,也立刻让人感同身受起来。

* * *

海天的美绝不仅仅在于它的千变万化,而是它将这种视觉之美延展到海天相交之处;云霞的衣衫是最美的,最多彩的。同样它们也将自己的美轻轻地打开,宛若在海上开通了一条条艺术之路。总是,只有在地平线上出现的大团云彩能体现出它的尊威(我觉得,这些云是从南面的印度洋吹来的)。如是,这天傍晚,从阳台上看过去,白云构成的美丽飘带在天际舞动,与无际的如洗天空相映,就像在宝座上精雕细刻的装饰一样,而这一切又融入到乡间景色中去了。

* * *

斯隆:上午11时,天空一片晴朗,海面一片平静。海平面上飘浮着白色的积云,沐浴着太阳的光辉,在风平浪静的水面上舒展着。在每片棉絮般轻柔的云团下,每道阳光的身影都如月光的倩影般柔和。我从来没有见过阳光的这种效果,不是特别的强烈,但十分的清晰,仿佛大海的美景都在相

比之下失色几分，也是因为它自身实在太耀眼，所以这样的
美景也就渐渐消失了。相反的，夜晚海上的月光使我变得压
抑。我十分乐意区别这些风景上的小差异，这些都是相关的
知识经验，而且很难被遗忘。在我看来，地表特征的细致差
别和丰富的表现形式，只有心理在敏锐的状态下才捕捉
得到。

* * *

在 200 米远处，从斯隆通往贝利耶①的公路右侧，有一
座高高的路易·德·拉罗什雅克兰②的纪念碑，他不太出
名，可能是《亨利先生》③的亲兄弟或是表兄弟（他是 1815 年
还是 1832 年战死在这里？我记不清了）。我们驶离一条乡
间小路，沿着荒废的葡萄园之间的沙路前行了一百来米。这
个纪念碑是一个石质的十字架，底座上有一段奇怪的碑文：
在这座坟墓，路易·德·拉罗什雅克兰曾被杀害，后又被发
现。没有日期，没有坟堆。在十字架后面两米处，有一个小
很多的石碑，已经被风雨侵蚀，可能早于纪念碑而且没有被
拆毁：只有一块圆锥形的立石，白色的，它的三面都有一个镂
空的十字架，模糊的碑文上没有名字，也没有日期，只写着：
"Hic cecidit"。周围有一片茂密的树丛，掩映于树林之间，这
些植株的枝叶一直伸到碑近旁。五六个别具乡村风格的木
凳仿佛在绿荫下等待着那些信徒和野营的人们。这两座纪

① 位于旺代省。
② 路易·德·拉罗什雅克兰(Louis de La Rochejaquelein, 1777－1815)：法国
将领。
③ 法国作家皮埃尔·夏拉斯(Pierre Charras, 1945－)的小说。

念碑离得很近，矗立在这里，又都没有日期，好像它们之间有几个世纪的间隔。有的名字已经被遗忘了，可能永远不会再被提起，偶尔会因为同音词而被想起。在一个半世纪以后，这片小树林给来此作植物和考古研究的人带来了惬意：一座普通的陵墓，真切地祝福旅行者可以得到休息。这里已经演变成景区，有供人们休息的长凳，有让人心旷神怡的小树林。无论是谁躺在这翠绿屏障后都会感到安静和欣喜，为自己的身体得到片刻的休息，也为他人能够一饱眼福。

* * *

比起 1939 年之前，冷战期间的法国共产党表现出一种空前强烈的封闭和拒绝社会的意识。至少，在阿莫尔希克地区边缘的一个死气沉沉的分部中，我认识的就是这样的共产党。除了作为积极分子，在党内工作外（集会、募捐、开会、编党报），我只见到并常接触到一些党外人士。文学是我唯一的爱好，而大革命对于我来说，只算得上带点麻烦的业余爱好而已。党内没有人关心我的情况，也没有人就此来指导我什么，这种放任自流的状态持续了一年半，直到冷战开始。这样的事情如果放在 50 年代的巴黎几乎是不可能的。

应该说，南菲尼斯泰尔共产党保留了一些我喜欢的乡土气息。这种吸引我的布列塔尼风情，又由于党员的组成被凸现出来。很少或几乎没有工人，稀疏几个农民，一些铁路员工，却有一群渔民，尤其在共产党掌权的莱斯哥尼、雷西亚塔、吉尔维奈克、多瓦尔勒内和贡卡诺。在覆满泡沫的"大船底"和加斯科尼尼海湾，这些身着油布、脚踏木屐的渔夫常年累月开着他们的名叫"约瑟夫·斯大林""圣母玛丽亚""上帝之

佑"或是"十月之光"的船捕捞金枪鱼、龙虾和沙丁鱼（多瓦尔
勒内的小船队，加上两倍于它的其他船只的加入，令人想起
信奉多神的后期罗马帝国）。对于这些海上农民来说，星期
六晚上或星期天，党员会议某些时候就变成了一场大喝"le
Chouchen"（这种当地的葡萄酒是从高卢时期的蜂蜜酒演变
过来的，劲儿大，爱上头，那些醉鬼喝完往往就仰面朝天躺下
了）的热闹酒会。这些人的共产主义，就像妇女的天主教一
样：是盲目但狂热的偶像崇拜，毫无根基，在大海的威力面
前，是像风一样突然而来的随机前程。

我喜欢这些粗汉子，毫不做作，办事直接，他们的世界纯
朴清晰，善恶分明：靠海而生，依海而行，在茫茫海面上，这些
脚踩着木屐的人直面着掌管他们生命的大神。女人们都进
了罐头厂做工，并且定期地向厂里抗议、罢工。这个地方如
此闭塞（同它空间的开阔性相比，人们信仰的坚定性差得可
怜）。因此，他们同党内积极分子的关系并不牢靠，这种关系
确切地说，更像传教士和他的教民。

赶上星期天，一从党内的事儿里脱身，我就去那些小港
口找寻属于自己的乐趣。从来不去多瓦尔勒内或是贡卡
诺，我只偏爱雷西亚塔、奥迪耶纳、吉尔维奈克和邦马尔
施，尤其是后者。当我从车上下来，就处在了船只的包围
之中。一片嘈杂声中，穿着蓝色和鲑红色衣服的渔民，虎
背熊腰，摇晃着搬运卸下的货物。这种情景让人不由想起
一群海滩余生者，平静地等待着救援的到来。手插到口袋
里，成群结队地站在坝脚下嗅着海风，他们似乎悠闲地在
等待施救的船只。这些暂时无所事事的海之子和他们背后
自家的低矮白房子之间，存在着一种你很难找出来的比之

更复杂的一种关系。小咖啡馆院子里挤满了水手,剩下的那些则聚在沙滩上玩球。朝街那些房子小小的后花园里,只有草在疯长。浣洗过的衣服在海风中哗哗作响。水稻成片,似纱一般,风一吹,就犁开了道道缺口。天空的暂晴抚平了它那皱巴巴的蓝手帕。有几分钟,在被雨水冲刷得仿佛上了一层釉般的屋顶上,在洗过的嫩绿色的青草上,在随风狂舞的衣物上,都闪烁着一种春雨后太阳所特有的酸涩且快乐的光芒。在这短暂露面的微白的阳光下,我们北上,向托内方向去时,远处海面的高地,周围漂浮着好像卷发一般的泡沫,茸茸的草上立着色彩明丽的小房子,整个岛看起来就像一个欢乐的海上大花园,罩在朦朦胧胧的水汽里,人群熙攘,在风的吹拂下生机勃勃。(当太阳在乌云中洒下光芒时,这些人在灯塔和航标的指引下匆匆行进。他们刷着生石灰浆的房子享受着此处独有的灿烂阳光)。当我走过阴暗、低沉、历史可以与埃及方尖碑齐名的托内教堂时,关于马尔施和舍瓦勒国王的传说就浮现在眼前了。凯瑞特镇后面的房子都带有露台。我喜欢在海滨大路上散步,这条路由于海涛的拍击,一直在微颤着,两侧的海水几乎与路面齐平,一直延伸到圣-贵诺雷,正好把海和教堂的领土隔开。夜色降临,我返回坎贝尔时,感觉就好像离开了一个沉沉睡着的地方,一个背对大陆,等待着黎明到来的地方,那种感觉就像从漆黑的房间深处,看凭栏而立的女人。

* * *

L小姐一家可能是昂热人,1914年战争期间,在圣-弗洛

伦住了很长一段时间,大概一两年吧。这家的三个女孩子都
比我年纪稍大一些,最大的一个已出落成亭亭玉立的少女;
其中一个腿有点跛,还经常关节疼。我们每天都能碰面,也
不过是一起散步、摘水果、吃点心、猜字谜和做游戏。我们干
什么都透着一股孩子气,而且我还觉得她们什么都懂。大概
在我六七岁的时候,我得入学,于是就很少见我的姐姐了,她
那时在昂热中学寄宿。我完全处于一个未知的世界里,新
奇、快乐,整天叽叽喳喳,女生爱美的天性诱惑着我,我完全
迷失方向啦。今天在旧书上看到几幅版画,表现的正是自己
以前的小世界。画上是一群少女,戴着花边帽,穿着篷形裙,
丝带在风中翩翩起舞。她们乘着驴车在湖边的草坪上徜徉,
旁边有一老妇人看护着。当时我还是小不点儿,是全家的宝
贝,就像一个活泼可爱的玩具娃娃,被百般娇宠着;稍大一点
儿,我被几个大一些的女孩子看护着,没什么自由;如果有一
天,大人们给我盘发束腰的话,我一定不会吃惊的。

＊　＊　＊

至于出身,我的血统很简单。我的直系亲属里没人是混
血。我父亲这一支,至少是法国大革命时就定居在了圣-弗
洛伦;我母亲这一支,定居在蒙让、卜哈耶、香多斯一带,历史
也差不多。在邦尚①陵墓和基勒德雷②城堡之间,方圆八公
里的地方,我至少六代的亲属都住在这一带。几乎每个人的

---

① 邦尚(Charles de Bonchamps,1760－1793):法国大革命期间领导"旺代叛
乱"的贵族首领之一。
② 基勒德雷(Gilles de Rais,1404－1440):英法百年战争期间圣女贞德的
战友。

行当都和手工业沾边：纤麻工，面包师，铁匠，船工。我所追溯到的这几代人，个个都精打细算，仔细经营着自己的土地。土地是以家庭为单位的，被继承保存了下来。在种有葡萄的小山丘的顶端，葡萄园和房子是用碎石一块一块垒起来的，精致的镶嵌工艺在这个地区到处都可以见到。对于我居住的这片土地，我从来都不敢说已经了如指掌，况且我也从未停止过对她的探究。我把自己深居简出的性格和疑心陌生人的习惯归咎于我的血统。在生活里随处都可体现出我的保守，因为我长期处在一个很小的交际圈里。尤其是我的家庭，养成了我说"不"的毛病；很简单的一句话，"让我一个人呆一会儿，你们走开吧"，不是由于社会或是宗教的原因，而是受了1793年起义的影响。一种几乎封闭的生活，身体和精神都缺少活动，就是我深深扎根在这片土地所付出的代价。我什么都不用做，只要看看旷野中的动物们就可以了。

*   *   *

1940年5月，我们前往荷兰，它是甘末林将军的战略中几个重要国家之一。13号晚上，我们在比利时安特卫普的圣-尼克拉附近下了火车，在路旁的草坪上度过了后半夜。第二天早晨，阳光灿烂，我们沿着一条狭窄的土路向着斯奈小镇前行。繁茂的佛朗德斯乡村使我眼花缭乱，过了洛林存放肥料的地方，过了冈什、奥迪的泥炭沼，最终到了我们的宿营地。这个小镇那么清新明亮，像有光泽似的。我在一个敞亮的房间里住了下来，房间里有地铺和红色的鸭绒盖脚被。我太累了，于是立即钻进了温暖的被窝。但我却毫无困意。

现在,纷乱的嘈杂声都静了下来。我讨厌远处传来的反坦克炮的声音,它打破了这里的宁静。我惬意地把脸颊贴在了枕头上,似乎听到北海的海战。突然一个传令兵把我叫醒了,我们匆忙出发,一些军用旅行箱只好留在这里。气氛一下变得很紧急,我们的行李在道路旁散落得到处都是,人聚了很多,突然之间,灾难的气息由远而近。德国兵来了。

圣-尼古拉,一片漆黑,挤满了混乱的军队,寂静充满了整个黑夜,主干道上堵满了汽车。我们意识到,安特卫普已经是枪林弹雨。我们不得不紧急地挖一条地道作为中途停靠站。但我们没有沿着那条通往大城市的公路前行,尽管我们渴望光明。向左还是向右呢?我们发现了一个几乎没人居住的村庄。右边,生长着茂密的松树,我们可以沿着路走;左边,有堤坝,我们可以俯视下面的一切。可是在下面,我们捕捉不到任何线路,也辨认不出任何事物,但我们感受到了一种来自海洋的潮湿,一股微弱的气息。那突兀的孤独、深沉的宁静使人如同在梦境里:推开的那扇门转瞬成了飞毯,即刻转向了另一个地方、另一个时空。军队已经疲惫不堪,这是几个月来我们第一次行军,大家在行程中很少讲话,到了休息的地方,顺势躺下,都被背包压得很疲惫。疲劳和失眠更使我们觉得这个地方不真实,道路旁没有村庄,没有房屋,只有我们看不见却迎面扑来的湿润的气味。这种寂静就仿佛停留在了时间里。一会儿工夫,伴着声响的痕迹划破夜空,几处红光从地平线处燃起。我对此毫无经验。我们又前行了七八公里,来到了布满草皮的堤坝上。这是一片广阔的草原,四周被杨树保卫着,仿佛篱笆一样。牛羊已经出来找食物了。在迷人的小世界里,除了奶牛发出的声音和风吹树叶的沙沙声,听不到其他声响。我被这种恬静的田园生活所吸引,遗憾的是人迹罕至,在方圆一公里内我找不到任何其他人。我们互相之间说一些鼓励的话,以免会害怕。我们不用担心我们的马,它们最能适应环境,不到几分钟,已经在草坪上休息了。这段在田野间迷失方向的行军旅程,在我的记忆里,不会是平淡无奇的梦,而是一个让我痴迷、陶醉的幻觉。

*　　*　　*

在战争结束二三十年后我重新参观了战场,要描述当时的事件,需要使用愈过去时,一个新颖的动词时态。就像挂满蜘蛛网的童年阁楼,又像一只飞进破茧的蝴蝶,它们并没有给我们留下成长的痕迹,而是一种生物的印记,一种封闭的生命循环的印记。在这些简单的野蛮之地存留过一时的生活方式中,没有什么能唤起我们开启记忆之门的那股熟悉的冲动。道路、篱笆、农场、运河、单孔桥……都成为参谋部地图上没有名字的记号。如果人们像我参观敦刻尔克村庄那样,带着冷漠、厌烦的情绪,或许人们会感觉到这次参观的理由,而且人们不会有兴趣去费力地重新唤起自己的遐思。在幻觉里,所有的一切都是虚假的。回到这里参观的已不是"我",他和梦游者没有太大区别。对于我,时间、声音、距离甚至光线都改变了原来的速度、音色、音节和色彩。

村庄都已重建,但它们的建造都是为了实用,从而将贮存在我记忆里的参照网弄得纷乱不清。这一尘不染而全新的景观时时在我耳际极度讽刺地说:"战争——但是哪一场战争呢?"它以极端的讽刺毫无疑义地打击这些空虚的梦和记忆,却拒绝给人们以明示。

＊　　＊　　＊

　　突然,回忆将我带到 1939 年 10 月初的一个下午,我从坎贝尔兵站出发,终于追上了部队。部队一晚上在德国萨尔的布里斯中途站停歇了四五次。我们正穿过洛林,向着巴尔蓬韦尔宿营地方向前进。达勒维耶尔就在巴尔蓬韦尔附近,我们在那度过了一个月的光阴。我在火车上颠簸了两天,最后在凯瑟卡瑟特尔的一个重型炮兵食堂住了下来。下午,我一个人,没有了行李的负担,悠闲地走在一条高低不平的小路上。小路在田地与小树林间蜿蜒,被秋天的夕阳染成了酒红色;在树木繁茂的沟壑的侧面,我看见红砂岩的断面,上面堆积的腐殖土像一个小小的金字塔。头一天,我在巴黎停留了几个小时,那里充满战争的硝烟,我在高地出版社遇见了年轻的画家马塔,人们也叫他马塔·艾书文;之后在双叟咖啡馆遇到了布勒东,背着马皮制的小靠垫,奇怪地带着实习医生的帽子。我和三个陌生人在一个不认识的地方晚餐,他们通过阿尔戈知道我的名字:高登·安思路·福德、尼古拉·卡拉斯和玛格丽特·尤瑟纳尔,他们都期待明天出发,乘船去美国。战争的气息已经弥散开来,似乎一触即发。在暴风雨来临前,这次的旋风已经吹落了许多树叶。

　　我走在清新的空气里,享受着孤独的一小时。脚下的路向前延伸,路边的田野绿油油的,太阳发着金光,然而我快乐吗? 这显然言过其实了:我从来没有如此强烈地期望看到路的尽头,但我感到压力减轻了,没有任何绳索的束缚,走在路上,鞋踏出咔咔的声响:我已经身不由己了,但我隐隐约约感到这将是一个新的开端。我坚持吃了一段时间"发黑"的羊肉，最后决定放弃我的矜持，回到牧场放牧。

＊　＊　＊

当时，我从西里西亚战场因伤遣返，搭乘的是瑞士火车。然后我在马赛下车，那是 1941 年 3 月。在蒙多利维医院办完留宿手续后，我就去喝酒，带着醉意在大街上漫无目的地闲逛。不知不觉间，我来到了音乐厅，有人在演奏舒伯特①的轻音乐曲目，也有人表演歌剧《三个年轻女孩子的房子》，但这两者不太协调。戏剧毕竟是戏剧，演出马斯奈②、拉比什③、莫里哀的作品时，演出服装略微有些发皱，发音不十分标准，舞台布置本该再多花些时间装饰的。当司汤达第一次观看意大利歌剧时，他深深地陶醉于女主角精湛的演技之中，而我又何尝不是呢？

1941 年的春天，阵阵冷雨不断光临的马赛就像晚上六点钟的地铁站台，每个人都步履匆匆，在拥挤的街上奔波着，向着不同的目的地：里昂，那时是非占领区的人才聚集宝地，还有维希、巴黎、阿尔及利亚、美国、西班牙以及伦敦。这些目的地的选择通常有很多原因。例如，一时的冲动，想和朋友相聚，想探望一下亲属，或是购买家里所需的食物。实际上，不同的选择带来了不同的命运。我在大街上遇见一个高

---

① 弗朗茨·舒伯特(Franz Seraphicus Peter Schubert, 1797－1828)：奥地利作曲家，他是早期浪漫主义音乐的代表人物，也被认为是古典主义音乐的最后一位巨匠。

② 马斯奈(Jules Massenet, 1842－1912)：法国作曲家，创作了包括长期流行的《曼依》(1884)和《维特》(1886 年)在内的几十部歌剧。

③ 拉比什(Eugène Labiche, 1815－1888)：法国作家，1880 年选入法兰西学院。

中同学,他可能结束了自己的生意,把旅店转让给了巴莱尔斯医生。由于煤炭削减,他去了西班牙,结果却被阿尔及利亚的船载到了朱安的军队那里。

战争的威胁使士兵在战壕与营地、前哨与后方之间忙个不停。这里聚集了大量的市民,你会看到同样有趣的相遇、同样缩减的行李以及同样的简短告别。一时之间,这座城市成了一个史无前例的移民集散地。

* * *

每当回忆起学生时代,我就会为曾有机会选择一门全新的学科而感到欢喜。当时这门学科正处于形成时期,地理学便是如此。而我的许多同学毫无悬念地选择了没有远景的常规学科,比如拉丁语、希腊考古学之类。地理学科的创始人维达尔·白兰士①去世十二年了,德·马托纳(他的女婿)和德曼侬继承了他的事业。事实上,现代地理学与精神分析学及社会学产生于同一时期,而它四十多年来一直处于不受重视的地位。如同新生儿的脐带不是天生自动断开的一样,现代地理学不断地从地质学、历史学、经济学、气象学、农学,甚至政治学科中汲取养份。它不是枯燥孤立的,年终举办的院际交流活动,会吸引一大批教授参加,甚至还有临床医生和手工业者,大家一起交流观点。它并不是完全专业化的,这门新兴的学科仅算得上是一门全面的科学,没有必要为其有用性和效益问题担忧。我曾处于一个茫然的十字路口,找

① 维达尔·白兰士(Vidal de la Blache,1845—1918):法国近代地理学的创始人,致力于人文地理学和区域地理学研究,培养了许多地理人才。

不到方向。但是,从那里,我根据自己的意愿,扩充了认知体系。想要整体地把握活跃、复杂的事物,想使上千种有机体间的相互作用在数字网络中不再枯燥无味,这些都让人兴趣十足,让人不由得联想到科罗德·贝尔纳时期的生理学、哈维和雷奈克时期的医学以及拉瓦锡时期的化学。

* * *

所有波德莱尔的小香水瓶激起了我的回忆,时隔六十年之后,这个神奇的词语又突然出现在我脑中。夏日夜幕降临后,那令人神魂颠倒的满园花香,终于使这个词在我脑中变得清晰起来。这个古老的词语可能是方言,半个世纪以来,我几乎再没有听到过 *la pavée*。这种植物在字典上解释为:此词是方言中的词语,表示紫红色的毛地黄。它是生长在我的故乡圣-弗洛伦的一种植物。在朝圣那天,人们都涌向十字路口和街上临时搭起的祭坛,那里有厚厚的一层花瓣,地毯一般。唱诗班的孩子们站成一列,提着散发着浓郁花香的花篮,香气扑鼻,令人陶醉。一听到这个词,我仿佛在花园里,沉浸在花的香气中,似乎一切都变得清晰了;我仿佛又看见木拜尔广场的临时祭坛,表面还泛着光;枝形烛台、大蜡烛和一排盆栽的植物,墙面爬满了植物叶子,红色长条旗上镶着一颗又一颗金黄的星星。这些香气不仅仅是在春天才有的,在香气中我们还嗅得到祝圣的香味。

* * *

每个人都有自己最不喜欢的季节(兰波就曾在他的某部

作品中写道:"我厌恶夏天,它让我窒息")。对我来说,春天是一个让人筋疲力尽、浑身散架的季节。法国的春天,风依然凛冽,还时常伴有冰雹和暴风,不像加拿大的春天,河流和空气都大面积淌凌,也不像春季的翁不里亚和加利利,山丘地带已是一片温和。法国的春天只是没有了暴风骤雨的另一种寒冷。在法国,人们对春天的喜爱只是一种生硬的效仿,是来自古代诗歌和圣经中的一个纯粹的借词。六月草料收割期的前几天,地里的草都冒出了头;五月阴云密布的傍晚,天刚一黑雨就停了。昏暗的天空下,某种特别的潮湿不断膨胀。每到这时,我就会想起阿拉贡①在《巴黎的乡巴佬》中说过的话:"我正在那儿沉思,对周围的一切毫无察觉,春天就突然来到了。"

* * *

坎贝尔是我 1937 年到 1939 年间教书的地方,当时那里的人口不到两万。那是一个很适宜生活的小城,花不大的工夫就能绕城兜上一圈。在这个小城里,我几乎是生活在两个世界里:一是法共组织,尽管在那里工作常常让我感到厌倦,但我却可以尽情释放一个并不坚定的斗士剩余的所有热情;另一个就是两所学校的教师团体,当时的政治对这支队伍已经悄然产生影响(当时正是人民阵线的衰落时期),它让纯洁的人们扔掉了心中最初的激情里唯唯诺诺的腼腆和羞涩。

---

① 阿拉贡(Louis Aragon, 1897－1982):法国超现实主义流派代表作家,代表作有《巴黎的乡巴佬》、《高等住宅区》、《共产党人》等。

当时我正处在人生的迷惘阶段，内心既不平静也没有任何特别的倾向。我已经放弃了以罪恶为主题完成一篇论文的计划：苏联的签证还没到，后来我很快就知道自己永远拿不到这个签证了。我不遗余力地积极活动，每隔一晚就要为党支部的巡查、各种会议以及为西班牙募捐衣物而忙碌，还要为每周四早晨出版的党报《布列塔尼》撰写文章。这些看上去似乎不太像是一个中学校长的兴趣所在，但是我的信仰并不坚定：在坎佩尔居住的前两个月里，我完成了《阿尔戈古堡》。写作和教师工作之间内在固有的不和谐一下子摆在我的面前。随着这本书的完成，我内心突然开始思考，这种思考几乎涉及各个领域，但很显然，我从未思考过一个政党的精神纪律问题，而且永远也不会思考这个问题。无情的战争已初露端倪，人们已经生活在充满氮气、令人压抑的氛围里。每到星期天，奥德河边市司令塔里传出的第137组乐队演奏的士兵进行曲，都会与马路上人们闲逛消磨时光的景象格格不入。它透过打开的窗户，飘进我的旅馆房间时，我的心底有了一丝的忧伤。时间既不属于漫长的计划，也不属于遥远的希望。

在这个四分之三的边界都被海水包围的小城里，我们中学的教师（当时顶多有三十来人）是我不曾见过的一个集体。他们不墨守成规，充满活力；职业生涯并未被完全规划，车轮也不必完全服从于车辙。课后，教师们三三两两结伴而行，走廊里、小路上处处是他们的谈笑声，这种年轻的朝气我以前从未见过，以后也不会在其他地方见到了。这里超过三分之二的教师都是布列塔尼人。T君，颧骨凹陷，眼睛像是被西部的强风吹了似的不停地眨巴，额前还留有一绺类似乌鸦翅膀样子的头发。就像柯比耶①在大海和《黄色的爱》之间周旋一样,他在拉辛②和玩独桅帆船之间以右舷风行驶。一下课,他就跳上自己的汽车,回到他在特布尔的幽静住处,在那儿他还有一艘小帆船。在我们这些住在城里的人看来,衣食无忧、循规蹈矩、沉闷的学校工作也会受到大海喜怒无常、充满力量的情绪影响而变得面貌一新。下了课,我们一下子跑到马路上,风吹着树木发出哗哗的声响。在狂风过后暂时平静的海面的映衬下,雨后潮湿的沥青路显现出片刻柔和的浅蓝色。我记忆中的坎贝尔既明媚又潮湿,和亚圣城一样,所有的边界都浸泡在海洋令人振奋的喧哗声里。海并不远,每个暴风雨的夜晚,人们都可以隐约听到暴雨拍打海岸的声音从高低不平的马路上传来。在我的记忆里,大海旁,康沃尔郡树木茂密的村庄消失了,警觉的耳朵似乎觉得整个城市像是一座泡沫之城。这座城正因为它只能想象却不存在而更令人激动。这个宁静的首府城市,在它布满灰色地衣的教堂周围,在它漂着绿藻的河边,所有的小路都通往一个神秘的王国。每天早晨我从住的旅馆去学校,沿着清澈的奥德河,走在美丽的树下,潺潺作响的水流下懒懒地长出几株水草;河边围有栅栏,河面上每隔二十米就有一座镂空的桥,每座桥都通向一个绿树成荫、鸟儿鸣叫的小花园。天空像是被洗过似的,洋溢着清晨大海般的朝气;在河岸转弯处,狭窄的山谷豁然开朗:右边,从一垛爬满紫罗兰的挡水墙头上,可以看见教堂的两个白色尖顶;左边,隔离带旁,弗日山峰的悬崖上长满了高高的山毛榉。几艘梭形的小渔船泊在岸边;潮汐

---

① 柯比耶(Corbière, 1845－1875):法国象征主义的代表人物。

② 拉辛(Jean Racine, 1639－1699):法国古典主义悲剧大师,代表作有《爱丝苔尔》、《阿达莉》。

要来了。这潮汐似乎曾到过布列塔尼的每一个港湾。小峡谷的低凹处被树叶堵住,潮汐不断拍打着那里的一个灰色摇椅。这座小城似乎在沿河流动,只是在靠近上游的地方由铁路边一条狭窄的煤沟与大地相连。城市和河流一起在一个港口平静的海平线处一下子变得开阔了。这个港口里满是芦苇,四处漂浮着不知名的水草。荒凉的城堡周围是人迹罕至的草地,我在草地尽头的树荫下闭着眼睛打瞌睡。

　　如果我想说明这两年的特殊气候,那么在我看来它似乎是种漫不经心拖延的气候。在这样的气候下,所有那些不声不响卸下它的重量后各就各位的东西都在为我的生活指点方向,而我的生活还是按照学生时代形成的习惯进行。在这样的气候下,所有的前景从短期来看都会碰上一个大大的问号。我知道我可以写作。正是在这两年内我完成并出版了《阿尔戈古堡》。也是在旅馆里,一个明媚的早晨,我打开布勒东①的来信,那蓝灰色的纸张和雕刻般清晰的绿色字迹,直到今天仍让我激动不已。这封信一直被我像珍藏资格证书一样地锁在抽屉里。政治已经远去,像根枯枝一样砸中我,就像十四岁那年我放弃继续创作拉马丁②式的诗那样;18 岁开始,其实我已经忘记具体自己多大的时候,就不再去参加弥撒。我已经预料到大学对我而言不只是一种轻松、没有压力的谋生手段。它本应当是一个起点,把激情暂时放下。我已经没有了收入或者说正在失去收入,这是个与众不同的负债表:《阿尔戈古堡》写完的时候,1937 年也划上了句

---

① 布勒东(André Breton, 1896—1966):法国超现实主义的创始人,著有《超现实主义宣言》、《磁场》、《疯狂的爱》等。

② 拉马丁(Alphonse de Lamartine,1790—1869):法国浪漫主义作家,代表作有《沉思集》、《冥思集》等。

号，我似乎只有在战争期间才能写出点东西。我在当时沉重的氛围和灾难的阴影下无忧无虑地生活，哪怕类似党支部的会议、教师协会的远足、修改《阿尔戈古堡》以及领导班子人事变动等各种工作发生冲突，我也不会表现出过多的不快。如果给我时间，这些问题都会自行解决的。我用十五分钟就能到达不远处的那片海，它总是完完整整地展现在人们面前，所有不同的动静都能在它的声响里汇聚并统一起来。这是我一生中，第一次整整两年都把耳朵贴在这个泛着泡沫的地方；这两年的记忆就是生命受到威胁、时间不够分配，但人更加激动和振奋的记忆，是一个海上王国的记忆。

* * *

冈城。1942 至 1946 这四年的头两年，我住在保存完好的旧城里，只有少数城市还有这样的旧城区。这段日子在我的记忆中已经渐渐地模糊了。后两年我则目睹旧城区变成一片瓦砾，马车来来回回清理垃圾的场景永远留在了我的记忆里。在旧城区被拆除前的很长一段时间里，旧大学城里的教师变得有点不安分；从星期五到星期三，学校里的老师都走光了，他们一上完课就赶回巴黎。五分之四的学生也走了，他们要用五天的时间去小学、中学和偏僻的小镇。这时的学校懒洋洋地打着呵欠等待老天打雷。1942 年 11 月，我的第一次旅行是顶着轰轰的炮声去巴黎任职。我乘坐的火车意外地被一架飞机投放的炸弹击中。警报声一直在人们的头顶尖叫，每次警报都会被远处两三个炸弹爆炸的声音打断。一种秋天萎缩不前的温和气息飘过这座城市，飘过弯弯曲曲、不见人迹的街道,飘过宁静的冈城南边的那片绿地。
牧场上刚刚搅拌完混凝土,这里就要修建一个马拉波饭店。
这种温和的气息还飘过我吃午饭的小旅馆——绿树成荫的
院子,木栏杆的阳台,房间就在阳台的对面。我已经不记得
这家旅馆的名字,隐约觉得是个既可爱又过时的名字,好像
是"圣-约翰和圣像(或商业)"旅馆。我住在圣马丁广场二层
小楼中的小房间里,这里是这个城市的高地。房前的小花园
里种满茉莉花。我的房东是八十多岁的 L 夫人,她经历了
1944 年所有的炸弹轰炸。炸弹来袭时,她从不东躲西藏,只
是拿着毛线活儿坐在木楼梯的台阶下。但好似有神灵保佑,
她的房子只是表面被几块碎石划花。房子左边,一个郁郁葱
葱的院子向下通往城堡路,路的后面就是圣马丁火车站。我
当时的一个学生写信告诉我说,和我在《首字花饰 II》中写的
正好相反,这个车站在 1945 年解放后就废弃不用了。我房
门前那条石砌的下坡路通往老学院和地貌洞穴。洞穴的墙
不高,巧克力色的木工图案壁橱装有铁栅栏,看起来更像是
海军司令部的地图室。车站、学院、洞穴包括石砌路都铺满
了灰尘。星期三中午,一群巴黎教师背着瘪瘪的背包,穿着
木底鞋唧唧喳喳地从火车上下来。星期四晚上,这群人背着
装满食物的背包再次出发。在这期间,整个学校就像放水的
船闸一样沸腾起来。其余的时间,我要么在空旷的路上散
步,要么独自一人在空荡荡的房间里工作。我常常碰到像我
一样孤单的地质系女助教。我们几乎每天都在矿物展览室
或图书馆相遇,偶尔也在 D 教授组织的学生远足活动中见
面。D 教授是个立场坚定的地质学家,他怀疑上帝的存在。
我们常常和他一起在清爽的早晨开始一天的远足,常沿着诺
曼底的小路前进,路旁布满白色的荆棘和待收的牛奶桶。排

列整齐的古生代岩层是这里独特的地质现象，也是诺曼底林奈学会里谈论不尽的话题。要是走累了，可以听听在远离科学（地质学设想得很好，至少嗅到了教师们的信仰之风）的寺院长大的青年合唱团的歌声：

> 这是游侠骑士们走过的路
> 一条战争之路
> 它见证了圣者迈向光明的征途。

我们这个长长的队伍更像是耶稣升天节前三天祈求丰收的祷告队伍，迈着匆匆的步伐，一路上不是将韦兹莱（Vézelay）①和孔波斯泰尔（Compostelle）②区别开来，而是要把阿尔摩里克的砂岩平铺和隐三叶属的岩板平铺相区别。一个热爱摄影的学生送给我的照片把这些沐浴着和风、微尘、阳光，既忙碌又轻松的日子永远保留下来。照片上的 D 教授戴着皱巴巴的毡帽，穿着护腿套，下巴上满是刷子一样的胡茬，手里拿着工作用的小铁锤。我穿着一件黑外套，站在他旁边，就像一个中士旁边的下士。学生们背着装满食品和地质样本的背包排成一排整齐地站在我们身边。角落里，H 圆圆的脸上，酒窝里溢满了笑意，就像看见小鸟飞出了鸟巢。

　　学地质学的学生共有四五个。有一年甚至只有两个学生（加上实验室的年轻助手，教师人数升至四人）。学地理的学生有十一二个，但上课的往往只有五六个，星期五的地方地理课甚至只有一个学生。这些学生有的家境富裕，要么是

---

① 法国勃艮第地区的一座中世纪小镇。
② 法国著名的朝圣之路，韦兹莱是这条公路上的一个重要驿站。

打发剩余的时间,要么是为了逃避强制劳役;有的则是风尘仆仆搭乘每周四的客车来听课的乡村女教师。有时还有两三个教师的儿子来充数,因此这个班的人数前所未有的壮大。在当时饥荒的年代,这样一群人躲在巴斯德路上破旧、昏暗的教室里上课。这里的教室很像我们曾参观过的专区政府收容院里那些由旧药房改成的博物馆,搁板上陈列着一排排乳钵和细陶骨灰瓮。好事都有结束的时候:暗中进行的教学活动随着轰炸的到来也将终止。这种只想继续存在下去而并不扩大招生规模的教学(我想至少它的质量是毋庸怀疑的),过时、严谨又带有家庭性质,是适宜生存在这样一个宁静的乡下小城里的。为篡夺主教地位、得到荣誉勋章或者在首席神甫选举中获胜而精心策划的竞争和阴谋在这里昭然若揭(还不算有时别人向我倾诉的心里话)。某种类似《塔中神甫》里的隐隐的宗教氛围在这里都是真实的。对一个不追求地位的临时助教来说,这里是唯一一个远离纷扰、充满儒雅气息,又可以根据自己的心情享受劳动乐趣的世外桃源,是一个纯粹的地方。所有古老而著名的事物其强大的常规温和地来到这所安静沉睡的学院。1943 年以来,历史系和地质系的四位教授中,有两位似乎在别人不知不觉的情况下已经调往布痕瓦尔德①。当读到《加尔默罗会修女的对话》中描写修女采摘樱桃制作果酱的情节时,当卡马尼奥拉的老调隐约从花园的墙外飘来时,我偶尔会想起德军占领时期冈城那个小小的学院和联军登陆前夜的情形,想到这些并不是由于学院幸免于难的戏剧的偶然性,而是因为那是曾经

①　德意志民主共和国西南部一村庄,1937 到 1945 年间德国法西斯曾在这里设立集中营,屠杀了数万反法西斯战士。

的过去。

我在解放后于 1944 年 10 月再次回到冈城。当时我乘坐从警察局租来的汽车经由昂热到了巴黎。在一小段心血来潮的旅途结束后,这列政府"专车"把我们扔在了巴黎。由于铁路已经瘫痪了好几个月,因此重返冈城的唯一办法就是搭乘开往那儿的顺风车。四十多人一大早就等在了巴黎的出城处,经过这里的卡车会想尽一切办法捎带上候车的人。等了整整一个上午,车终于来了。人们撒开腿一拥而上,拼命往堆得像小山丘一样的货箱上爬。我们就这样逆着卡车前进的方向,人叠着人,像尊雕塑一般地出发了,任凭头发在风中飞舞,任凭风拍打着脸庞。这个地方的再次被占领以及人口的大量外流加重了这些本来已经堆满摇摇晃晃的行李和箱子的卡车的负担,被占领的四年里人们叠高的本领显著增强,这是 1940 年 6 月最具讽刺意味的画面。十月份的阳光开始还有些活力,兴冲冲地洒满沿途经过的村庄和茂密得如同汽车车顶的树木。黄昏时分,我们渐渐走进了一个神秘的地区。一到这儿,太阳一下子不见了,我们也因此失去了辨别方向的方位标。两堵高大的砖石墙之间时不时突然出现灰蒙蒙的篱笆,挡住我们的去路。卡车发动机的声响吓跑了黑暗中的一群老鼠。这里没有人迹,没有车辆往来,只有月光下墓地般的寂静。在这样一个只有月光、阴森森、寒冷刺骨的晚上,这辆乘客越来越少的卡车似乎正向无人区开去,向恐怖电影中蝙蝠和鬼魂乱舞的沼泽中开去。深夜时分,我终于手提行李站在了冈城火车站的瓦砾堆上。那天晚上,一轮月亮挂在空中,虽然色彩单调但也非常明亮。月光下,倒塌的壕沟、护拦围起的瓦砾堆(一百多米的距离内竟没有一堵墙,或许是因为炸弹轰炸过后坦克已经被当成推土机

用了)显得格外刺眼,好像一个受过重刑的人毫不羞耻地把
自己的伤口拿来示人。夜色下的瓦砾中没有一个灵魂。本
来我以为只要沿着圣约翰大街的壕沟往前走就会找到方向,
谁知壕沟也不见了,甚至连一丝痕迹也看不出。这条路本身
就弯弯曲曲加上又完全毁坏了,很容易在废墟中找到一个笔
直的缺口。为了找到方向,我向喷水池那边走去,结果彻底
迷路了。突然,我认出了圣皮埃尔教堂被削掉顶的钟楼,我
找到方向了。这里有几处残垣断壁,墙角还在,前面的几处
房子还有人居住。圣马丁高地几乎完好无损,我看见曾住过
的房子只是表面遭到了破坏,就像洪水退后被冲到了山冈上
的一个小方舟。

* * *

我因为醒得太早中断了昨晚的梦,梦中宗教色情和礼
拜仪式的神奇达到了《帕西法尔》①的最高潮:这是我曾经
做过的为数不多的两三个基调统一、内容连贯的梦之一。
在经过几个星期乏味单调的生活和莫名的担心后我又做了
同样的梦。那些搅动并混合所有深水,再让它流向充满赞
叹、色情和陶醉之蓄水池的梦是很自然的,我很少做这样
的梦。

我的一个遗憾是从来没有在刚刚醒来的时候把做过的
梦记录下来,那个时候的记忆肯定是清晰的,能记得梦里的
某些情节。人一醒来梦就消失了,转瞬即逝就是梦的特点。
我所知道的有关梦的故事没有一个涉及到梦的本质,尽管这

———————
① 德国著名作曲家瓦格纳的一部三幕歌剧。

些故事本身十分精彩,气氛特别。《超现实主义革命》中有许多有关梦的故事,无论是布勒东的《相通的器皿》还是玛格丽特·尤瑟纳尔①的《梦与命运》,写到的梦的故事都并非无足轻重。那些记忆已经模糊的宏大的梦像翅膀一样从我面前掠过,带来了神秘的轻松感觉。这些梦往往基调一致,和东拉西扯缺乏关联性的普通的梦毫不相干。或多或少加入了弗洛伊德式梦境里的性欲成分的叙事诗,也无法解释这种高度统一的结构,仿佛由一个伟大的艺术家在调控指挥一样,它突然降临,又在人们类似圣母往见日里一样激动的情绪里消失不见了。

"梦"其实属于无意识范畴,和把早报与神圣喜剧联系起来的"印刷品"的精神错乱一样,它本身没有太多意义。从一个梦到另一个梦,由睡意引发的一连串形象的事实是最没有意义的,这极为平常。从夏尔·杜斯的经验来看,不论是反映一天里无聊事件的梦还是与国家相关的梦,在信息和诗歌之间有着一样或更大的本质的不同。

* * *

在圣·弗洛伦,我从一本已经被遗忘的影集里发现了一张 1913 年或是 1914 年初拍摄的老照片:照片上有我的叔叔和婶婶,婶婶把我抱在怀里(那时我应该只有三四岁),还有我的妈妈,缝纫店里两个穿着灰色工装的工人,三个女仆玛格丽特、娜内特以及茉丽,卢瓦尔旅店的老板,顾朗,还有婶

① 玛格丽特·尤瑟纳尔(Marguerite Yourcenar, 1903—1987):法国著名女作家,著有《阿德里安回忆录》、《深深的江,幽幽的河》、《什么? 永恒》等。

婶那一公一母两只分别叫布莱克和弗莱特的狗。看着这张照片,我一下子回想起了女仆们在家庭生活中的重要地位。她们一天里五分之四的时间都是在厨房里度过的。冬天,厨房是家里唯一暖和的地方。她们和客人在一张饭桌上吃饭,谈论所有的家庭琐事,是灶神和家神忠诚的司事,也是家庭习俗的捍卫者。有时她们甚至会拒绝女主人的奇怪主意。厨房就像是面对君主拥有至高权力的宫廷。我在孔佩的房间里读普鲁斯特的小说,总是在弗朗索瓦之后才回到家里,就像已经认识了凡尔赛的人或者比彻·斯托夫人小说里已经在奴隶制的南方居住过的人可以走进圣·西蒙一样,在没有任何已经略知皮毛的社会考古知识的影响时,1982 年的学生已经开始涉猎《追忆似水年华》。

除我之外,这张照片上的所有人都已离世。那一公一母两只狗,弗莱特被茉丽抱在怀里,布莱克由娜内特牵着(照片上的姿势应该都是摆出来的)。伸着舌头可爱的布莱克是照片的中心。肩并肩安静地坐在一起的这些曾经鲜活的生命现在看上去显得毫无生气:这些我所熟悉的人的生命轮回早已消逝在时间里,而他们的生命是和我们的生命联系在一起的。我保全了他们的名字,正如我把那条名叫小石子的狗的名字从低微、凄凉的狗类繁殖的匿名状态中解救出来一样。

* * *

每当我读到杂志文章或者是看到以我与超现实主义关系为主题的学生作业时,就常常会发现他们表现出的困惑或情绪。一些人认为我享用着超现实主义的声名却没有做出什么贡献,另一些人则没有过多保留意见地支持我。很明显,在任何情况下,对这两类人来说,当他们认为有权利对我有所要求时,我的立场都不分明。当没有具体涉及到基本核心问题时,不仅是一个文学派别所有的表象被模糊多变的本质保留下来,而且按照我自己的想法,人们希望我在与布勒东的超现实主义的关系上采取的明确立场也并不清楚。

其实我一直对超现实主义很熟悉,但不是毕恭毕敬完全接受的态度。我本人对任何事情都不会完全顺从。超现实主义只是一笔认知上的巨额债务。它为我打开了一扇门,两本书几乎同时为我打开了这扇门:一本是《娜嘉》①,读完这本书之后不久我又看了《第一宣言》和《迷失的脚步》;另外一本是马克斯·恩斯特②的《一百个女人头像》。这两本书突然一下唤醒了我所有未知的敏感。以前从来没有一本书让我产生这样的归属感,就像一块广袤的土地在被开垦的同时也找到了自己永远的归属。基里科、艾吕雅的诗——《巴黎的乡巴佬》、《放荡》曾经都是我很喜欢的超现实主义作品。这些作品最初散发出的难以掩饰的光辉深深吸引着我。就更不用说佩雷、苏波、德斯诺斯、莱里斯、格诺、阿尔托、查拉、巴塔耶的作品了。对我而言,没有什么能让我有这种最初但却是决定性的释放,也没有什么能丰富、改变这种释放。深深吸引我的并非是布勒东其他作品中的内容,而是语言、时代意义、口才和诗意。超现实主义和我之间有一段爱的故事,是一段令人赞叹、激动人心的回忆,是一段忠贞情感的回忆。而且应当说就像所有的一见钟情一样,我们不可能长久

---

① 布勒东的一部小说。
② 马克斯·恩斯特(Max Ernst):法国超现实主义和达达主义的代表作家。

稳定地在一起生活。

事实上,正是因为超现实主义强硬的单方面要求以及需要选择的命令,我才没有做出任何让步。超现实主义内在的东西或许是最具吸引力、最为神秘的,它对我已经掌握的东西是个补充,但却不从属于我所掌握的东西:总的来说,它既不会改变我原有的秩序,也不会影响我看问题的态度。我从来没有想过要在好恶、阅读、行为、判断上与超现实主义(那么固执)保持步调一致。我已经接纳了它所接受的东西,否定了它所拒绝的东西,我一点一点地排斥它认可的原则。1939年8月我第一次在南特和布勒东见面的时候,他非常委婉和礼貌地和我交谈,听上去他似乎在邀我加入到他们的队伍中去。他很懂得在表达这样一个没有把握的请求时注意言语的迂回,其实他希望我能脱离他们。他从未想过让我或远或近地置身于那个"股掌间的可怕市场"。

1939年8月的这一天非常重要,或许早几年之前,我会因为一时感情冲动而答应布勒东的要求。1939年8月我还是一个法国共产党员,充满了幻想。那时出于经验,在畸形的判断和意愿面前,加入超现实主义阵营便会不可避免地使精神变得狭隘。苏德协定的签订加快了这件事情的解决。两个星期后,一场以越来越多的心口不一为形式的危机就降临在我的身上。这种后来很快就被当时的形势所打破的令人压抑的联系,让我不能把自己塑造成一个艺术之神。"超现实主义的政治立场"也让我不能用纯真的好感来做交易:我就这样换回了一个靠不住的价值,但它还是可以作为空头支票流通。

出于友谊的考虑或是担心中断那些当时我认为很珍贵的关系,在和布勒东的交谈中,我常常有意掩盖我们之间存在的众多分歧,甚至完全避而不谈。布勒东很喜欢考验他的拥护者,当觉得大家意见有分歧的时候,他甚至会略显残忍地对他们追问不休,直到拥护者被反驳得理屈词穷、无言以对为止。但奇怪的是他从来没有这样对待过我,而是和我心照不宣地避开那些敏感的话题。或许(一个派别的领袖单是在行为举止上就不会让人们将他遗忘)是因为他从美国回来之后就开始重视招兵买马,吸纳成员对这支队伍来说已经是很困难的事了;或许是因为他知道我是真的敬重他,也可能是他那种一遇到和他意见相左的情况就会断然采取措施而不顾及任何友情的鲜明个性已经被时间磨平了。

我不知道在布勒东看来,我书中的观点是否符合他自《宣言》以来一直坚持的要求("最艰难的道路中总有一条是四通八达的")。我认为布勒东对路线以及所有成员对教义严格遵循的态度在美国之行之后已经淡化了,不要让拥护者,即莫诺罗所说的"门槛上的人"失望反而成了头等大事。存在主义及其影响制约了超现实主义的影响范围,而这些拥护者能够在扩大超现实主义的影响上起到一定的作用。可以肯定的是1945年之后,布勒东迈着不够坚定的脚步,侥幸开辟出的诸如玄奥哲学、神话、"世界主义"、克尔特主义、炼金术(以及其他)等一系列道路,因为其不明确而使得布勒东本人的好恶占了上风,他有时也毫不迟疑地将这种选择强加给他的队伍,而缺少了一定的正统性。另外我认为他没有看过我所有的书,他曾在给耶鲁的大学生讲话时宣布自己从属于阿拉贡的超现实主义流派。在我看来,他对我的《忧郁的美男子》和《西尔特沙岸》都不感兴趣。他通过我发表在《大胆的文学》刊物上的一篇文章号召大家应当团结起来。根据布勒东的一些信件以及别人透露的情况来看，我有理由认为和夏多布里昂①一样，他更喜欢《渔夫国王》和《林中阳台》。他去世后，我常常为他没有读到我的《道路》、《科菲图国王》而深感遗憾。我将永远缺少一种不可预计、无法替代的阅读反应。对作家而言，这是怀念布勒东永远离我们而去的一种特定方式，即便这种方式不是最令人伤心的也是很刺痛人的。

另外对我而言，让我"靠近"还是远离超现实主义都无关紧要：在我看来超现实主义从来都不是神圣的，它首先是诗歌的一种新的外在形式，然后是一种强烈的个人存在，在布勒东去世后十六年里都没有减弱，只是声调有了一些变化。

* * *

有时我会重新打开《忧郁的美男子》的序言，我不太喜欢自己的这部小说，因为在我看来九月海滩上既清澈又沉闷的气氛几乎真实地反映在这部小说里（1913 年我和戈非莱克还有他的弟弟一起参观莫尔戈海滩，在空荡荡的海边大饭店吃饭时就已经感受到这种气氛了），同时也因为这一段甜中带苦的特殊记忆已经出现在我的文字里了。当时是 1940 年夏天，在豪雅斯维尔达的营地；我躺着写小说——不光是因为没有桌子，还因为我当时营养不良，为了节省体力，每天我们只有几个小时是站着的。不经意间我已经有了创作的灵感，这灵感来自于《蒙莫朗西的情人们》这首普通的诗，我对

————————

① 夏多布里昂（François-René de Chateaubriand，1768－1848）：法国浪漫主义先驱，代表作有《阿达拉》、《勒内》、《墓畔回忆录》。

这首诗并没有太深的印象。我一时懒得开始动手写。为了理清已有的想法,我先写了序言。在动笔之前,我准备了一把二十厘米长的分米尺,把每天早上的黑面包平均分成五份,这是我们这个小组成员委任给我的重要工作。这项对精确度要求极高的工作(必须从面包微微突出的最中间开始平分)要花掉我整整十分钟的时间,然后我们抽签决定谁拿哪一块。对于饥肠辘辘的我们来说,这一小块既美味又少得可怜的用来保命的面包就像是每天必修的《天主经》中严肃又熟悉的教义。四双压抑着渴望的眼睛紧紧盯着我手中分割的这块救命面包,片刻不离,就像眼前正在进行的是一场精细的外科手术,稍有闪失,后果无法估量。

* * *

尚多赛。1914 到 1918 年的战争期间正值我的童年,那时一旦父亲长时间外出,年轻的母亲就要为了幼儿园的事忙得不可开交。光是整理那些包着铜角的巨大的黑色登记本就要花去她好几个小时,那上面详细记录了订货、发货的所有开支。我们两个(那时姐姐还是中学的寄宿生)中午赶火车到十四公里外的尚多赛吃午饭。绕过弯弯曲曲的小路和伊罗桥以后就到了声名狼藉的郊区,M 家的小孩还生活在这个法律管辖的真空地区。我们穿过一个小小的广场,广场中央竖立着一个奇怪的长满苔藓的金字塔型脚手架。它既是消防队员训练的器械,也是尚多赛体操队员表演时的舞台架。我们就像小红帽一样匆忙赶往奶奶家,她是个寡妇,独自一人住在大儿子和大女儿两家中间的那个大房子里。我印象最深的是她家里的大花园,花园里一半种着花草,另一半种着蔬菜，公鸡时不时发出的叫声让这个花园洋溢着无边的快乐。从教堂广场那边透过来的午后阳光洒满整个大厅。我错误地认为我所有的记忆都凝聚在这间被阳光镀成金色的温暖的房子里和房子里的东西上：炉灶、乡下的大座钟、矮阔的碗橱、挂着帷幔的卧室，甚至是通向卧室的楼梯。奶奶总是带着她那顶硬邦邦的白色帽子，我们三个早早地吃了晚饭，然后去车站坐车。我们沐浴着穿过广场、透过窗帘洒下来的阳光吃完了这顿饭，我已经不记得那简单却温馨的晚饭都有些什么，只记得波德莱尔那一小段美丽的诗歌一直流淌在身边：

> 阳光，夜晚，缓缓流淌，光彩照人
> 窗后，花束已经折断
> 谁在空中睁着一双大大的好奇的眼睛
> 注视着我们这漫长而宁静的晚餐
> 蜡烛的倒影无边地洒在
> 朴素的桌布和哔叽窗帘上。

* * *

我昨晚梦见饭馆拿给我的菜单上面有印着花朵、蔬菜和水果的彩色插图，而介绍菜品的文字却非常小，整体看上去就像百科全书里密密麻麻的一页，由于版面内容太多就只好选用最小的字体。为了看清菜单上难以辨认的字，我打开了挂在床头的吊灯。我一下子醒来，房间里亮如白昼。

这类梦——类似没有出版的《苏醒的梦》——引起我关注的是梦境世界和日常用具的作用两者之间的割裂。为了更仔细地研究梦里的那份菜单，我不但打开了阿拉丁的神灯，还打开了床头的转换开关。这是我唯一一次经历的发生在梦里的无意识但准确无误的行为。

＊　　＊　　＊

我翻着刚发下来的师范学校的年鉴。我们文科系有二十八到三十人，大家彼此之间都很熟悉。每年的人员构成差不多都一样。一到两个或三个人是那种无论思想还是智商都出类拔萃的人物，这也让人难免担忧，但他们的能力明显非常人所及。还有三四个人会不禁让人觉得会考这张滤网的滤眼实在是太大，居然让他们通过了，这些人很快就会变得悄无声息：全校都认得出这些卖不出去的货物。还有六个罗伯斯庇尔时代所谓的"特殊人物"早早地就为自己选好了狭窄又人迹罕至的领域，迈着自信的脚步，毫无担忧地朝法国公立中学的教师职位前进。另外一两个完全不适应大学的模式，是糊里糊涂、误打误撞来到这里的，这种人往往也是最有趣的。另外，每个闰年我们这里都会出现一个未来的神甫。其余的人就很普通了，都会去高等师范学校的文科预科班和省立大学教书。但是每一个人的未来也都说不定，诸事没有定局，职业生涯中的不可能性往往多于可能性。四年的时间，每个人都有可能从一个小兵变成饶勒斯、佩吉、柏格森、季洛杜①这样的将军。每个人都会瞄见同事眼中由于勃勃雄心和满腹才干而不断闪出的火花。任何凛冽的寒风都

---

① 饶勒斯（Jaurès）：法国社会主义运动的鼻祖；佩吉（Péguy）：法国诗人；柏格森（Bergson）：20世纪法国著名哲学家；季洛杜（Giraudoux）：法国小说家、剧作家。

不能摧毁贝克特①所说的"花上冷风",冷风让脆弱的花园伤痕累累,渐渐散发出难闻的气味。在花园的树荫下散步、聊天是很惬意的,但这样的时光异常短暂。

* * *

昨天夜里,我进行了一次奇特的梦之旅。我走进了仙境巴黎,参观了一个专门为侏儒开办的网球协会,那儿的球网非常低。然后我又沿着长满青草的马路散步,平行侧道上种满了科莱特②在她的书中提到的所有花。马路的尽头是一座 19 世纪末帕西-奥托伊风格的别墅,一种类似罗马马尔他骑士广场上吸芽植物的东西伸出别墅的墙外。围墙外是"蒙莫朗西海",一艘荷兰式的游艇停靠在海边,远处是纵横交错的帆船和设置了航标的灯塔。梦醒之后我才发觉这个梦最让我吃惊的地方在于它整体上合理的节奏以及井井有条的参观顺序,中间没有任何影响到整个梦进展的不协调之处。我很清楚自己是被人带领着参观了首都的名胜。

* * *

"巴黎式"的谈话兴起并发展起来,而且变得非常普遍,但这样的谈话方式却让我觉得自己非常愚蠢。我既不知道为什么要参与到这样的谈话中去,也不知该如何参与其中。

---

① 贝克特(Beckett, 1906－1989):著名戏剧家,生出于爱尔兰,后定居巴黎,用法语写作,代表作是《等待戈多》。

② 科莱特(Colette, 1873－1954):法国女作家,著有《葡萄卷须》、《母猫》、《克罗迪娜》系列小说。

只有当谈话在两个人之间进行，而且我听得懂所谈内容的时候，我才会表现自如。我发现当我试图参与到某个谈话中或是想发表什么观点的时候，别人要么根本不理睬我，要么就是对我的话置若罔闻，也许是因为我讲的内容没有意思，这样的情形让我觉得受到了侮辱。渐渐地再碰到类似的情况，我不会再生气了，而是去听别人说话。但我并没有发现他们所说的内容有什么惊人之处。于是我退到一个安静、舒适的角落里，就像是呆在电影厅里，像自行车队里的一个小齿轮一样什么也不用付出，收获的确很少，但至少是免费的。

* * *

路。让我对过去（大概是 17 世纪以后）缺乏想象力的原因之一大概是我无法想象当时的道路。当时道路上一些简单的设置为人们提供了一些需要的信息。这些道路和城市、小镇之间关系密切，和风景、篱笆、栅栏、树林、河流以及周围的居民都紧密相关。这种情况是不是和印度"大干线"上云集了行人、生意人、僧侣、朝圣者以及赶集者的情形一样呢？是三三两两抑或列队经过的骑兵，还是平板车更加引人注意呢？我们是否可以设想一下几公里之外传来的车轴的吱嘎声在一天之内会两三次打破这里的宁静。这里的乡间旅馆多吗？都在哪里呢？大车发生意外时会不会有修理工、鞍具工、铁匠呢？这里有没有类似船工行会之类的长途货车司机行会、马贩行会、小酒馆老板行会、导游行会、土匪行会、盗贼行会和马匹窝藏者行会呢？沿着这些大路行走如何才能看到大地呢？旅途中的不适、疲劳是不是比日常劳作更让人疲惫不堪呢？

　　我时常把自己想象成一个远离时代、远离行军队伍的无忧无虑的骑兵,从这些路上走过,但从未踏上过大地——我听说过欧洲的大地——不比十五世纪末十六世纪初的大地美丽。大地上教堂的尖顶、塔楼、钟楼、水井、墙柱、山墙构成了城市的祈祷文。城市紧贴着城墙如同穿着胸衣的妇人的窈窕身材;大地上一片片的黑森林、处处散发着葡萄酒酒香的村庄,像在百年一遇的严寒中冰块突然断裂似的,苏醒将大地推到了时代之前,让它生存下去。中世纪的朝圣告示张贴出来之后,这些非宗教的道路第一次完全开放。我非常喜欢重走荷兰或德国画家南下意大利时曾走过的路,画家们戴着坠着流苏的无边软帽,穿着敞开的无袖长上衣,露出里面带有饰带的衬衫,我们在丢勒①的自画像中看到过这种打扮。现在看来,在这个将服装的新奇多样表现得无以伦比的时代里似乎没有丑陋。漂亮的实心家具,纯粹的上好原料都出自细木工、织布工和金银匠的精湛工艺。在我看来,这种生活环境之美,大时代开始以来就已经不复存在了,大时代大行其道的是抄袭、虚假、仿古。

　　我是在翻阅一位德国大师的绘画雕刻作品集时想到这些的。那些光彩夺目的传奇城市,山墙尖、顶塔楼上针形的天际线,散落着座座城堡的景色宜人的原野,德籍雇佣骑兵步兵合身的紧身短上衣和头盔等装备。所有这些都被这位德国大师作为永恒的底色,放在宗教和象征主义(大小受难主日、忧郁、东方三王)作品中。在他完成最后的创作即将辞别人世时,他像歌德那样高呼:"你如此美丽,请停下脚步吧!"

---

① 丢勒(Dürer):文艺复兴时期德国著名画家。

*　　*　　*

美国南北战争——旺代战争。在这两次战争中,战败
一方一直受到获胜者意识形态的置疑,这其中是有重要原
因的。同样在这两次战争中,政党的首脑成了颇受欢迎或
带有传奇色彩的人物。李、杰布·斯图尔特、斯通沃尔·
杰克逊①就广受拥戴,而夏雷特、邦尚、拉罗什雅克兰②则
带有传奇色彩。这是面对抽象简单的想法,小小的祖国根
深蒂固,肉体独特的死后复仇,它有这么崇高吗? 如果说
以原则的名义是正确的的话,那么从没有人在政治上是完
全正确的。

*　　*　　*

正如于勒·罗曼③在《善良的人们》中的《凡尔登的前
奏》和《凡尔登》两卷中所阐述的,出现在 1914 年战争期间前
线和后方的幕僚之间的战争,在理解和感受生存和死亡上的
完全分歧,这也是在长期麻痹的保守主义主张占据主导地位
的情况下唯一一次文牍的官僚主义被使用并发扬光大的一
次战争。重读《崩溃》,我注意到 1870 年时,这种分歧并没有
真正存在。在 1939 年那场奇怪的战争中,认为所有前线已

---

① 李(Lee)、杰布·斯图尔特(Jeb Stuart,1833－1864)、斯通沃尔·杰克逊
(Stonewall Jackson)均为美国内战期间著名的将领。
② 夏雷特(Charette)、邦尚、拉罗什雅克兰是法国大革命期间旺代叛乱的领
导者。
③ 于勒·罗曼(Jules Romains,1885－1972):法国诗人、作家。

无战事的军队官僚主义一度成形,但 1940 年 5 月,在敦刻尔克,这种官僚主义明显退到了炸弹乃至大炮之后;32 号堡垒,即大名鼎鼎的北部上将指挥部频繁被袭,以至于从那里进进出出的人都只能小步快跑。德军敌视戴着布满星星的法国军帽的人其态度没有改变,甚至比 1914 年时更昭然若揭,尽管当时的危险已经有人分担,但官僚主义的性质已然有所改变,变成了和平时代之反应的延续,更准确地说是清醒的战争经历的一种结果。这是人民阵线对两百个家族①之仇恨的另一种变体。在表现上,很少有战争会以另外一种外在形式成为政治的直接延续。

* * *

每当我再次翻开那本描写 19 世纪俄国的精神生活及其思想家的书时,1789 年法国大革命之前与 1917 年俄国革命之前的强烈对比让我浮想联翩。在普希金之后,没有一个俄国思想家、作家的头脑中曾有过启示录的预感。相反,在普希金之后,没有一个 18 世纪的法国思想家本能地对一个法国式的花园有过华丽、理想的设想。这座花园在过时的君主制这片杂乱的灌木丛中被修葺一新而没有发生任何意外。没有一个俄国人感觉到他们辽阔却笨重的祖国在为偿还原罪而日益受到损害;没有一个启蒙时代的法国人相信他们生来就属于一个举着火把的民族,这大概是因为 18 世纪的法国在微笑着抛弃了基督教信仰的同时,也丢掉了所有恶毒的

① 指的是两次世界大战之间的时期法兰西银行的两百个最大的股东,他们控制了法国的政治与经济。

政治观点。然而俄国一些主张变革的大思想家非但没有摒弃伴随宗教而生的焦虑、预感和恐惧,反而把这一切置于一个临时的、神圣化、魔法化的背景之下。他们狂热的无神论让美景之中遍布鲜血之湖,不断被食尸女魔侵扰的日子提前到来,并且散布某种强烈的怨恨,《三文钱的歌剧》①中就唱出这样的怨恨:"一个夜晚,我就是为了这个美丽的夜晚而活的!"

＊　＊　＊

在读归宁伯②的《耶稣》之前,我曾在索邦大学听过他的课。每当读到他的书,我的耳边就会响起他从舌尖发出的、略显口齿不清的声音。这声音像一支支致命的利箭飞向听众中那些身穿教士长袍的人。对福音书的批评不会走得太远:它不止一次地胜利过。在这部《耶稣》里,作者完全不顾及别人的意见,对那些认为应当删除或增加某些内容的意见置若罔闻。这本书风格的统一——那些未知的读者的摘要——以及后面的"我"的签名极具个性。归宁伯(以及他的同党)这种近乎傲慢的独特表达方式让他和盖利雷安③有所区别,把这种独特性由一个或多个推广者普及开去的做法更加冒险。从福音书来说,必然有根源。来自这种根源的东西显而易见——对此很难给予批评。在最后的分析中,由于缺

---

① 布莱希特的作品。
② 归宁伯(Quignebert,1867—1939):法国基督教史学家。
③ 盖利雷安(Galiléen):法国哲学家。

少信仰者和学者,归宁伯仅凭耳朵的判断或者像马歇①所说的"完全凭耳朵的判断",就站在作者和艺术家的阵营里保卫神谕的真实。

＊　＊　＊

民族传奇里没有什么比由政客、作家、艺术家将巴黎所有元素调集起来而形成的战争气氛和历史那少得可怜的保证更让我气愤的。如果说巴黎是经过了各种革命之后才变得像现在这样出色的话,人们早已忘记外族的入侵远不及虚弱无力的政府的作恶更能激发起人们好战的天性。无论是1814年还是1940年(甚至至少可以这么说)的保卫战都没有留下太多太深的军事记忆。至于1870年的军事围攻,与其说是保卫战中所奉行的斯多噶主义的结果,不如说是依靠了对雨果式动作、语言的滥用。无论是左派、右派,还是特罗许②、弗洛昂③、布朗基④都没有对双方开始互相中伤的情形有丝毫的重视。其实,我不喜欢,也从未喜欢过这座阴柔的城市,尽管它专横地声称要人们喜欢它。这座城市的群情沸腾仿若香槟里的泡沫,在我看来,这是法国人吆喝着让人上当的特性中最恶劣的一种。对这座城市而言,的确很遗憾——在不止一次的复苏振兴中机遇都垂青了这个城

---

① 马歇(Georges Marchais, 1920—1997):法国政治家,1972年至1994年任法国共产党秘书长。
② 特罗许(Louis-Jules Trochu, 1815—1896):法国将军、政治家。1870年9月4日至1871年2月17日任政府首脑。
③ 弗洛昂(Gustave Flourens, 1838—1871):法国政治家,巴黎公社委员。
④ 布朗基(Auguste Blanqui, 1805—1881):法国早期工人运动活动家,革命家,空想社会主义者。

市——巴黎从来不会像 1812 年的莫斯科，1940 年的伦敦，1941 年的列宁格勒和 1943 年的华沙一样成为民族决心的代表。这个城市只是我们分裂的象征罢了。

＊　＊　＊

追赶时髦的英勇：昨晚我梦见当下最时髦的事，就是在暑假里拥有老兵装有铁甲的炮塔。在收购废铁的商人出高价把炮塔拍走之前，政府已经高价把它们出租出去了。我心里开始痒痒起来。我准备搬进一个名叫"海军上将黎明号"的废弃的铁甲巡洋舰里。它是 1914 年战争遗留下来的一艘废船，"海军上将黎明号"这个超现实主义的名字，在我童年坐在阁楼里读 1914 到 1918 年战争的小人书时，就已经深深印入脑海里了。

毫无疑问，这个梦又一次说明我对战舰的迷恋。六七岁时，日德兰海战即将爆发，我回想起自己躺在饭桌下的地毯上，不断在纸板上剪出驱逐舰和装甲舰的轮廓。几个星期前，我溜达到岸边书摊前，看见橱窗里摆放着太平洋战争中日本战舰的画册，就立刻买下了船桅剪影的那一本。在布雷斯特，在康沃尔郡的潘赞斯，在布列塔尼的河口深处，护卫艇、炮艇常常在这里下锚，随处可见的纺锤型灰色铁锚让我睁大了眼睛，仿佛看见一个漂移的物体呈现出罕见的放射性状态。

正是在 1910 年到 1945 年之间，经过慢慢的探索，战舰在使用性上达到了基本的要求之后，人们开始力图在造型上使它更加雄伟。几乎同一时期的太平洋号机车头也在进行这样的研究。随着电气火车和航空母舰这样一场突如其来的变革到来，曾经作为楷模的战舰和机车头逐一远离了人们的视野。那些原本可以独立使用的机器被用作了航母的支架或是能源转换器，这是一场我们有时不愿意把它单纯称作技术的变革。一个可以载重四万吨神秘液体的装甲舰用目光统治着平静的大海，如同一头猛狮掌管着整个沙漠。

＊　＊　＊

　　一个在法国南部种植小麦、葡萄的农夫与一个在俄国东北部种植土豆、黑麦的农民之间的关系并不是一个耕种者与另一个耕种者之间的关系，而是一个农民与一个半农民之间的关系。咬一口新鲜、松软的圆形黑面包，就像咬了一口土地。我第一次在军营里吃到这样的面包时，就无法忘记这种通过食物而迅速形成的联系，久久无法忘记。

　　区分同样用黑麦压缩制成的德国面包和俄国面包，要看切开面的光泽度。在法国南部，食物经过复杂甚至巧妙的制作之后（尤以葡萄为例），外形已经和原材料完全不同了。咀嚼吞咽成了潜在的精神因素（没有精神的作用，类似圣餐这样的仪式就不会出现了。达芬奇曾在米兰公共食堂的墙壁上画下了一幅与梵高的《吃土豆的人》极为相似的作品）。这或许是以耗损土地的元气、损害它的精神状况为代价的。面对疲乏、痛苦所表现出的坚忍不拔、顽强抵抗精神已经成为日尔曼民族，尤其是斯拉夫民族的特征。在我们看来，他们好像总是在犁沟旁汲取食物，拥有迅速恢复体力的非凡力量。

＊　　＊　　＊

　　那些不曾生活在两次世界大战之间的人是不会懂得活着的乐趣的。坦白讲,保证这种乐趣的条件和塔列朗①18世纪的乐趣是一样的:享有特权的少数人拥有耕地,生活相对富裕,而处于社会最底层既贫困又没有文化的人还要缴税。1789年之后事情发生了前所未有的变化:在法国,1925年之前,拥有自主权之人的比例不比旧王朝的特权等级所占的比例大。直到1936年,处于社会底层的大众仍然像在旧制度下一样逆来顺受、宽厚仁慈,直到最近几年情况才有所转变。被罗兰·巴特②称作“小王子”的中学生和大学生的地位不是在与被社会所排斥之群体的比较之下,更准确地说是在社会性的古老残骸之背景下显现出来的。正是在损害他们利益的基础上,生活才非常有趣,没有人想到要去关心他们的需求。这种情况很可能存在——我们必须残忍地承认这一点,这也是塔列朗这个词的含义——美好的社会、幸福的激励属于已经尝到了幸福的滋味的、无知的、少数幸福的人,被社会抛弃的大多数人已经不再作为威胁和评判被征税了,而是作为一种风景。

　　这个资产者甚至小资产者童年的精英天堂一旦关闭——就像现在通过文化和生活方式的大众化来实现一样,我不禁好奇地想到现在15岁的这一代人会如何走向他们的老年。这个和“所有人一样”的一代将会有一样的生活:夏令

----

①　塔列朗(Talleyrand,1754—1838):法国改革家,曾出任拿破仑的外交部长。
②　罗兰·巴特(Roland Barthes,1915—1980):当代法国思想界的先锋人物,著名文学理论家和评论家,著有《写作的零度》、《符号学原理》。

营、老虎机、滑雪课、旅行团、有益身心的性活动、唱片机、电视机,当他们认识到自己的财富和已经失去的王国,当他们沮丧地意识到生理的春天已经一去不复返的时候会如何选择? 因为这不是属于回忆而是属于一个多少有些排斥的团体:当时存在一些初中甚至高中的学生团体——这不是布隆美街公社的老学生和波坂固军营的老兵团体。

* * *

弗洛伊德在《精神分析导论》中提出:"诠释梦境的艺术怎么会开始衰落(从达尔狄斯的阿尔特米多鲁斯①起),梦本身为什么会声誉扫地?"他的这篇序言本身并不缺乏淳朴的观念,它旨在给出一个清晰的答案。人们怎么敢怀疑正是基督教树立了持续两千年的禁忌,让人们对梦嗤之以鼻? 不论爱神乔装打扮成什么样子,是显而易见还是难以分辨,基督教对它都敞开大门。不用说,宗教裁判所的法官和弗洛伊德一样强烈的质疑澄清了所有梦里最后出现女妖魔和梦魇的问题。我想引用塔利斯四声部弥撒曲赞美诗中的一节:

梦离我们远去
夜间的幽灵
让我们的敌人敬畏
让我们的身体不受污染

从这节诗中可以看出,自古以来,梦就和魔鬼附身及梦

---

① 阿尔特米多鲁斯(Artémidore):公元二世纪占梦者。

遗联系在一起。

认为梦是一个藏匿"性"的邪恶之地的基督教表现出言行一致。但我看出基督教之所以对梦如此排斥还有另一个原因。从福音书来看,按照超现实主义的说法,耶稣这个基督教中的完人是个"完全"不做梦的人,他也从未提到过任何梦。《圣经》里充斥着与梦有关的故事:穆罕默德的事业正得益于这些梦。这样就可以解释这种神性决定了在他和天主的直接交流中是不能有任何带有寓意或模棱两可的象征意义的。这种完全直接的交流在福音书中随处可见,是没有任何第三者介入的交流方式。在弗洛伊德看来,梦或多或少都是人异化的表现,因此耶稣这个没有被异化的人也就不会做梦了。这一切就像基督教在弗洛伊德有关梦的意义、有关做梦者的不确定推断的结论问题上玩了一个鬼把戏一样,它在我们不得不怀疑的有关性的问题上也玩了花样。

* * *

平庸的拿破仑三世统治时期,厄尔巴岛的神奇回归成了一种几乎无意识的欺骗和某种巴甫洛夫[①]所谓的反射。在田野的尽头,人们看见他又出现在国境线上,肩上站着一只驯服的鹰,那只鹰就像准时推开鸟鸣时钟上那扇小门的布谷鸟。在斯特拉斯堡和布洛涅,尽管巴丁盖[②]已经制订出了详细的复兴计划,但一场失败的膀胱结石手术让震惊的法国失去了第三次以崭新面貌出现的机会。这的确非常可笑:1873

---

① 巴甫洛夫(Pavlov):俄国生理学家、心理学家,高级神经学说的创始人。
② 巴丁盖(Badinguet):拿破仑三世的绰号。

年当拿破仑三世离开瑞士家族的小庄园时就已经决定去迎接莱蒙湖上的风暴，在依云登陆了——或许在赌场——并且把弗罗萨德、巴赞、麦克马洪令人敬畏的军队残余带回巴黎。

荣格尔读《首字花饰》时得知小拿破仑的回忆竟然激起了我的满腔愤怒，他对此非常惊讶。在我看来，荣格尔认为小拿破仑是个勇敢的人，认为他和路易十六是同一类型的人，甚至更为进步，而且时时充满善意。其实是兰波的《旧痒》激起我对小拿破仑的愤怒。民族性瘙痒这个无耻的修养在那个完全异国化世纪的下半叶让小拿破仑真正成为反对派告发的对象，一个南美或安第列斯群岛的皇帝，没有传统，没有种族（就像一篇作品中套着作品的文章一样，马克西米利安·德·克雷塔罗本人也出现在自己的故事中），是完全照搬一个过时的故事。一个拥有某种政治武器的果敢占有者在杜伊勒里①让一个发弹机发出了喀嚓的断裂声。

＊　＊　＊

永远摘下法国佩剑贵族头上皇冠的不是大革命，而是神奇战场上出色的骑士——拿破仑作出的决定性的放弃决定。亨利四世统治时期，曾经维持了几个世纪的光荣兵役（夏多布里昂深受此影响），对于民族而言就像站在积淀了二十年的火山旁的一个巨人，军人职业在这二十年间已经用刀刃和剑尖把欧洲重新打磨了一遍。对佩剑者这个传统阶层的审

---

① 杜伊勒里（Tuileries）：始建于 1564 年，法国大革命期间，路易十六在杜伊勒里宫的城堡里被困。

判只是口头诉讼,没有发出这样的号召:勇敢的吉雍,行动起来吧,你当时不在那里!

＊　　＊　　＊

我在拉梅内①的《罗马事务》某一页的一个角落里看到了这样一个有趣的统计数据:帝国末期巴黎的复活节团体一年增加到八万个左右,而到了七月革命之前一下跌到了两万个(我之前不知道教士也会详细统计宗教团体的数量)。在我的印象中,司汤达和巴尔扎克的作品里好像没有提到过如此迅速地摒弃基督教的现象。在当时,无论是上层教士还是下层神职人员都加入了左右党派,所以这种现象是很容易被察觉的。在巴黎之外的地方,由神甫、贵族、有思想的雇主所统计出的数据显示,从事宗教活动的人员数量要稳定得多。看到这些灾难性的数据(上层教士肯定在查理十世的眼皮底下让这些数据蒙混过关),就会更加明白在颁布小修院的法律之后,马迪涅克②为何会突然辞职,以及波利尼亚克亲王抱着孤注一掷碰碰运气的想法匆忙抛出的最后一张牌:"圣会"以及梵蒂冈都敲响了警钟。上帝之路不止一次地意外出现:1830年的革命就像拉梅内所看到的那样,终止了背弃圣餐台的行为。

＊　　＊　　＊

雨果1849年在荣军院和前国王杰罗姆共进晚餐,这也

---

① 拉梅内(Lamennais):法国哲学和政治学著作家。
② 马迪涅克(Martignac):1828—1829年任法国首相。

是这位国王统治生涯的开始。"帝国的繁盛已经从战场上逝去,战场会潜入夜里。这样的变化是不可能的。这样的繁盛似乎永远不会比最初建立起来的繁盛地位更低。"

＊　　＊　　＊

　　头发花白需要人照顾的食利者,公司里游手好闲、满口俏皮话却享受优厚待遇的人,对轻浮沙龙里的逸事了如指掌的人,在有关第一帝国的各类回忆录中随处可见这类人(比如巴雷尔·德·维耶撒克的作品)。从前的刽子手们在拿破仑时期重新被安排职务,就像地震里的退休者那样不现实。

　　第一个行动是对不正常的低落形势发怒,但是仔细看清楚的话,更应当是用已经逝去的辉煌来指责扩张造成的后果。大事件总是临时的创造者,不太会关注多余的重要职位,这些职位的要求往往都在前来应征者的能力之上。也有很短一段时期的历史就像一个妙龄少女,对她而言,无论是谁,只要合适,她都会拉拢过来。

＊　　＊　　＊

　　托尔斯泰谈到博诺季诺会战时这样评价拿破仑:"因为分寸感和经验,因为平和庄重,他成就了想象大师的美名。"这位俄国作家对将军与战争指挥之间真正关系的看法已为人们所熟知。但更多的时候是战役与将军的关系比战争与将军的关系更为重要。对国家首脑和军队首领来说,将已实现的目标区别于制订的目标的后果总是体现在中长期计划上,而不一定是在短期内就能显现出来。在眼光敏锐的人看来,战役获胜赢得的声誉比帝国创建者的毅力更占上风。从这个意义上来说,那些从未统领大局的人却有能力出色地统率局部。历史上的大型交战,无论在时间还是空间上,从战争控制的角度看,都存在一种极为荒唐的因素,因为整体中没有任何与局部相同的东西,唯一的理由是失去了延续,所有的延续都是偏差。让始作俑者很难按照最初的目标以高超的谋略完成一个复杂的历史任务,其原因是这个任务的时间拖得太长,是由于在最后阶段发起攻击的人是长期以来占据舞台的人,是被胜利冲昏头脑,是貌似有理地从现实中汲取了"历史教训"的人,是没有从历史学家那里学到什么的人。准备着手完成最后一步的伟人不再是一个拥有自由、公正想法的设计者,而是一个历史人物,他的思想已经被长期获胜的个人经验的专制教育所束缚,他的行为也因过去行动的惰性而变得僵化(这也是列宁和斯大林的不同,当然还有其他因素,首先是早死的偶然性,其次是在分歧的大小上,在同样坚持了六年的计划和坚持了三十年的计划不同表现上)。瓦莱里(用金色的字迹)写道:"人往往知道他做了什么,他们从不知道是什么让他们这样去做。"这个不在掌控之中的"是什么让他们这样去做"在伟人身上表现得更加明显,长期以往最终会迅速危及到他们有意识、有计划的行动。人们在政治巨人的目光中所看到的由于获胜而逐渐淡去的悲伤没有别的含义:没有什么比他们的意志更强的东西了,否则他们最后自主决定造成的唯一后果就会像挡门石一样出现在前进道路的任何方向上。

我重读《圣赫勒拿岛的回忆》时,从各个方面限制并固化了这本书的那种顽固的信念,不现实甚至有些滑稽的、绝对的判断和在埃及战争以及执政府问题上表现出非凡才能的年轻人之间的强烈反差给我留下了强烈的印象。我并不推崇这本书,因为它和现实严重脱节,但作为一位折戟英雄最后几年间内心独白的唯一证明,我欣赏这本书。此外,这本书还提前让我们看到了希特勒、斯大林、毛泽东在生命最后几年里变化莫测的内心世界:他们曾经想做的事、他们认为已经做了的事和那些让他们做成了一些事的事之间错综复杂的关系。

* * *

"……这个地方展出了阿尔戈号舰艇的锚,但因为它是铁质的,所以在我看来似乎没有那么古旧。好像还要展出一个石锚的古老碎片,它们很可能才是阿尔戈号船锚的真正残骸。

……许多鸟栖息在鲁西岛上,正是这些鸟照顾着阿基里寺庙。每天早晨鸟儿飞向大海,翅膀沾满海水后,就急急忙忙飞回寺庙洒水,然后又舞动翅膀打扫地面。"

(这是图拉真①统治时期,在卡帕多斯的帝国行省总督阿里安有关视察黑海港口的汇报)

这类"真实的小故事"不经意间再现了安东尼时代平静、正统的君主政体的精神实质。我们可以想象一下一个地区行政长官在一篇递交给政府的行文中,无意之中说出了圣杯温和派的诡计和诺亚方舟的发现。

* * *

法国君主制统治时期(不包括创立君主制的平庸的雨

---

① 图拉真(Trajan,53—117):罗马帝国皇帝。

果·加佩），在最初的 227 年间仅仅出现了六位皇帝，最后的 218 年间也只有六位皇帝。在死亡率颇高的当时，皇帝平均在位时间之长如此罕见，类似的数字（243 年间先后有七位皇帝即位）足以让历史学家删除罗马皇帝的传统编年表。351 年间二十个皇帝先后即位，人们有理由相信这些不正常的在位时间在巩固这个年轻国家的稳定上起到了一定的作用，但在末代也加速了君主制政体的僵化。

* * *

1939 年战争无精打采地开始后，"投身其中"的民族热忱极度匮乏，这证明举行标志着向敌对状态过渡的庄严仪式是有必要的：这样的战争状态对于一个现代国家而言实在不正常，它只能闭着眼睛"投身其中"；要不惜一切代价制造一个不可逆转的分界，听从内心的想法。"重要的是要让所有人都知道现在不是向后看的时候。"约瑟夫在马恩战役前夕的议事日程也是驾驭所有正统战争的关键所在：首先要知道和平时期已经过去。1939 年达拉第政府睁大双眼奔赴战场，结果却事与愿违：事实上，战争状态下所有能够从和平之门中通过的都是受人欢迎的。宣战后的紧急措施之一就是重新开放巴黎的剧院，只有为数不多的几天闭门休息。战争只是官方的意愿，所有做了以及没有做的都在军队的耳边轻轻吹过季洛杜在《特洛伊战争》中的话，"一分钟的和平也值得去争取"。

* * *

1918 年在布雷斯特-立托夫斯克，列宁把和平条约强加给布尔什维克,而从托洛茨基到布哈林的大多数布尔什维克都反对这个条约。正如人们所说,出于实用主义,在股票市场"割掉自己的一根手指"以避免全线溃败。但可能列宁已经隐隐约约有了预感。战败的俄国伤亡惨重,百业俱废,像一块各民族的圣餐饼一样把自己献给了国际共产主义;它恢复了布尔什维主义的无上纯洁。在所有人看来,"强大的沙文主义"表面上的完全牺牲让任何观点都不再包含有自私的目标。1793 年以后,几乎就是从 1793 年起,这个"伟大的民族"在很快激怒人权事业并成为选民代表、新偶像的同时,早已玷污了自己虚伪的热忱,早早地为 1815 年作着准备。

这保证了布尔什维主义思想及情感的影响在俄国以外的地方持续了二十年之久,无人能及,即便是莫斯科诉讼也没能结束它的影响。1939 年的苏德协定才彻底清算了布尔什维主义。1789 年之后,罗伯斯庇尔和拿破仑的军队先后在法国迅速出现。1917 年后,也就是在两次大战期间,基督教民族牺牲自我以救赎人类的形象长期存在,尽管这在今天看来似乎有些可笑。20 年代共产主义空想家在 1945 年后兴起的新狂热党人浪潮中与最初几个世纪崇拜万军之神的基督教徒差不多。

在读完有关 1925 年超现实主义政治的现代卷后,我不禁想到了之后的年轻人,对他们而言这束"东方的光芒"早已暗淡,失去了所有的意义。

* * *

复辟时期给我留下最深印象的是当时那种极度紧张的气氛(拿破仑之后,同时代的人觉得这样的气氛很平常)。这种气氛贯穿整个复辟时期,也让王朝复辟在旧王朝和新王朝之间摇摆不定。1789 年革命毫无征兆地爆发,在这之前的任何时候都没有明确出现过类似的紧张氛围。帝国的恐怖氛围胜过紧张的气氛,之后革命在给整个欧洲带去恐怖的同时也在一段时期之内清理了自己的国家。但 1815 年之后,受到重创的君主制又摇摇晃晃地站起身来想再次采取行动,受到帝国沉重打击的革命也试图再次集结力量给对手以回击。正是这一次两个世界的精神交锋——在这次交锋中大家彼此意见统一,因此暂时放弃肢体上的暴力——让舆论和众议院的思想之战变得无比尖锐,我们的国家是永远不会有这样的经历的。因此,在迟到了 25 年之后,君主制和大革命第一次平等地以对话的方式相互对峙,自吹自擂,各自夸耀自己的权利和道理。然而成百上千类似的悲惨回忆让他们的"低音部"在背景台上回响。即便是众议院或立法院在 1889 年和 1893 年讨论小修院的组建和有关蔗糖的问题时,瓦尔密战役①、奥斯特里茨战役②、滑铁卢战役一直隐约出现在话题里,有关能力的问题都被抛在一边。讨论中双方都显示出极其出众的口才,与塞尔、鲁瓦耶-戈拉尔、本杰明不相上下。

* * *

性格开朗的普兰克特男爵贝特邀请《勒内》③的作者住

---

① 瓦尔密战役(Valmy):1792 年 9 月 20 日,法兰西革命军队为一方,奥普联军及入侵法国企图扑灭革命力量恢复君主制度的保皇党分子支队为另一方,在瓦尔密地域进行的一次交战。
② 奥斯特里茨战役(Austerlitz):发生于 1805 年 12 月 2 日,是拿破仑战争中的一场著名战役。
③ 法国作家夏多布里昂的一部自传体短篇小说。

在他位于蒙疏尔的城堡里,这是夏多布里昂一生中最快乐的时光(《回忆录》中提到过)。男爵对普兰克特市场上十八个货摊的所有商品征税。肉铺老板每宰杀十二头牛就要给男爵上缴一头小牛,每年要上缴一只羊。男爵还把教区里的集市场地租赁出去,面包店老板要给他交税,农民要给他缴"酿酒税",牲口经过阿尔戈诺尔大桥要按照头数缴过桥税。这些细节是我从马利保罗·萨隆的一本有关《夏多布里昂和普兰克特夫人》的书里摘录的。除了以上的名目,年贡、劳役、狩猎税、鸽棚税以及其他金钱形式、实物形式或劳动形式的苛捐杂税一样都不少。男爵在他的教区很受欢迎(勒内-奥古斯特在他的孔布尔教区都没有受到过这样的礼遇)。直到1790年末,蒙疏尔的舞会和娱乐活动都是光明正大的:对于几乎一半的人来说,革命并非那么严重,它没有带来任何阴影。

* 　* 　*

伊特鲁利亚人的陵墓。让所有人情绪激昂的盛大狂欢——一种处在对佛教的惊叹和美食的丰盈两者间的状态——不可抗拒地直冲肺腑,从各个地方汇集到面部,让锐利的眼睛更加锐利。

我不时痴迷地转过头望着这些任何雕塑都不曾刻画出的、茫然不知所措的面孔,主题与夫妻生活有关,另外还有一张三面设有躺椅的阴森森的餐桌奇怪地摆放在那里,这些都让这谜一般的狂欢场面愈显神秘。这到底是圣餐场景还是隐秘的闺房秘密?

* * *

革命是历史的火车头。不比约瑟夫·普鲁东的军刀更
具双重性的革命随着时间的流逝变成了历史的刹车闸。关
于那个短暂的"联合体"的回忆带来的是无法克服的思想僵
化。"地点和方法"长期被神圣化:它——它变成——在精神
上已经失去了所有的东西,看到在布满灯火的荆棘丛中互相
写下新的"摩西十诫"的所有人都知道这个精神,就像启示宗
教的住持教士失去了世界一般混乱。

* * *

住在这样一个国家,与这样的民族长期生活在一起是很
奇怪的:在历史造就的斜面和不太陡的斜坡上(应该是从路
易十三统治结束后开始出现的),英国这样的国家每次都能
走上正确的方向,而它却轻易地就从上面滚落下来,这些坡
路从来没有遇到过——甚至相反——别人哪怕是一点想要
追随他们的讨好奉承。

由此可见,法国人和法国历史的关系是一种非常奇特的
关系,就像读者和一部无法预测结局的小说之间的关系一
样。美国人从自己国家的历史中看到他们当初出发时的河
流的样子,看到这条河在向前流动的过程中随着河岸的拓展
逐渐变宽变大。而法国人只会在历史中欣赏一辆超载的汽
车在没有发生空中横翻之前,在每个转弯处不断侧滑,横在
路中间。在这里我敢承认——糟糕,算了——我内心一个很
不正大光明的想法,这个想法是我多年来在历史课上慢慢得

出的：在法国的历史中——如不从艺术和意识形态的角度，至少从投入的精力所获得的收益角度看——三个世纪来，很少有比法兰西民族更愚蠢的了。

*　*　*

盖伊·杜派①先生告诉我们，在"奇怪的战争"期间，甘末林②和他非常欣赏并视之为精神导师的柏格森一直保持通信联系。《论意识的直接材料》的哲学家不惧身体力行：瞎子给瘫子带路，他让甘末林小心德国人经过巨大的地下通道在马其诺防线后发动大举进攻。

*　*　*

1918年8月，在前往玻尼切特的路上，我们穿越了混乱的圣-纳泽尔，到处是穿着土黄和蓝灰军装的塞内加尔人和美国人；我们徒步走过艾斯古布拉克的机场，那里停着许多美国佬的飞机，很多抽着"红圈"香烟、嚼着口香糖的飞行员在训练。在我童年的记忆里，战争最后一年的夏天好像是战争盛会的间歇期，充满了异国情调，像极了莫里哀戏剧最后一幕里入侵高原的土耳其人和苦行僧的化装舞会。没有比眼睛得到愉悦更合适的理由，我也很喜欢更加绚丽的第五幕，因为它宣告了伟人们持续了五年的表演终于结束，也因为它让我那孩童的无忧无虑又可以继续下去。

———————

① 盖伊·杜派(Guy Dupré, 1928—　)：法国作家、记者。
② 甘末林(Gamelin, 1872－1958)：一战时任法军参谋官，1940年为法军统帅。

*   *   *

在《自己的山峰》中，在最完美的艺术家那里，没有一种艺术包含有两个截然不同的阶级，只有文学除外，包括诗歌和散文。曾经有一个时期，绘画艺术也想创建一个"贵族阶层"，以便把宗教画和历史画（宗教画的"低级替代品"）包含在内，但19世纪并不满足于使这个"阶层"失去地位，而是要将它彻底清除。

盛产艺术的小群体组成的贵族内部出现了这样的平均主义，19世纪后三十年和整个20世纪的文学也有了这种倾向。和所有迅速进行的平均化运动一样，在平衡状态恢复之前，这种平均主义已经让格律诗里应当降低的东西过度贬值。为了那些已经提高之物的利益，散文成了写作艺术的万能工具。人们不再写诗——或者说几乎不再写诗——今天不仅仅是因为格律的严格局限阻碍了创新，而是因为所有触及"旧制度"的东西都像是从富饶的河道里被驱逐出的：惊讶于贫瘠的残留、以前的小世界。让依旧是历史画画家的德拉克罗瓦①衰老的，更多的是一个世纪以后对循规蹈矩的诗人瓦莱里②的质疑。

*   *   *

德拉克罗瓦在他的《日记》中有以下一段优美的文字：

---

① 德拉克罗瓦（Delacroix，1798—1863）：法国浪漫主义画派代表画家。
② 瓦莱里（Valéry，1871—1945）：法国著名文学家、诗人，著有《海滨墓园》、《幻美集》。

"那些工作着,并且能恰当安排每天日程的人,他们的喜悦是无限的。当我处在这种状态时,我很享受工作之后的休息和哪怕只是一点点的消遣。我可以毫无遗憾地和那些最乏味的人呆在一起,想起我已经完成的工作,忘记烦恼和忧愁。"

我认为这种幸福的变异体(对艺术家而言,好的作品就是一座难以攻克的城堡,作家也承认这一点)已经自然而然地远离了画家。与作家相比,画家看到自己的作品一笔一笔即将完成的情感(左拉总是用"作品"一词来指称画家的工作)没有那么强烈和满足。作家能够体会到的对作品的感情通常是和作品的完成联系在一起的,是在作品完成一段时间之后产生的,是在听到对作品批评的声音之后产生的。在文学巨匠身上很难看到这种对于诞生在指尖下的完美作品的感情,画家和音乐家在看到他们的作品问世时所发出的惊叹就可以说明他们对作品的感情。面对《蒙娜丽莎》,达芬奇就曾发出过惊叹("我完成了一个妇人的完美肖像")。

说到面对每天的工作所出现的两种不同态度的原因,就一定会提到"日子"和"任务"这两个词,我认为这是德拉克罗瓦文章的关键词,这两个词不会自己出现在作家笔下。在"艺术家—画家"这里,这位神奇的匠人准备好画布、调色板,摆好模特,确定主题,使用工具,处理败笔。对他来说,工作时间在一连串不慌不忙、准确无误的动作中,在时不时的目光审视中渐渐过去,比作家和诗人的工作时间更连贯、更平和、更流畅,更接近雕刻家和细木工的工作。而对作家和诗人而言,时间的流逝没有任何节奏,失去了所有意义,一切对于他们都只是受人监视、远离危机的麻木。

说到原因，在人们从未（或者说错误地）想过在画笔连续、不紧不慢来回运动的后面，还有缓缓到来的丰富想象力（画笔似乎一笔笔连续不断地为作品提供养料，让它成长）。但是让作家的工作停止下来的不是自然恢复的平静状态，而往往是人为的、突然的中断。当作家的工作变成夜以继日的痛苦时，总会有一些违背健康的东西歪曲了作家对于已经完成的作品的感情。塞尚在非常满意地完成《胸衣》之后又创作了《沃拉尔肖像》，马拉美筋疲力尽地写完"伊杜美之夜的孩子"就是另外一回事了。

* * *

从我的窗口俯瞰下去是碧绿的梅斯尼尔河谷，河谷两岸散布着株株柳树，草料收割后留下的一块块黄色土地让我想起了梵高著名的《收获》。大约几个星期前我刚在阿姆斯特丹博物馆看到了这幅作品。在这幅画里（一些牛车已经卸了套，还有一些牛车正在原野上前行，小屋、柴垛、木梯，这些元素让整个作品像旧书上的装饰画一样朴实自然），北部普罗旺斯农业盆地里，普通人生活场景的魅力在画家笔下一展无遗。1974年，从萨隆到奥利翁的沿途上，我真的看到了这些景象。周围的小山将这些美景包围起来，使其与外界隔绝。群山环绕下干涸的湖泊呈现出的水平面让人印象深刻。谷口处有一个小城堡，在这里几乎可以同时看到山谷的入口和出口。不论站在周围的哪一个高处，一切都尽收眼底，每一条小路都一览无余。正是这种彼此之间互不相知但又极为相似的生动组合和农业劳动的同时性，根据时间、天气和季节彼此协调，这幅画所展现出的东西让我更自然、更直接地感受到"生活就在这里,简单,安宁"。

* * *

夏尔丹①在大皇宫展出神奇的《鳐鱼》:静物画里的白色幽灵。

这幅透着珍珠光泽的半透明的静物画细致逼真,在夏尔丹以李子为主题的静物画里,也可以看到这种惟妙惟肖。夏尔丹偏爱描绘李子,而其他画家更喜欢苹果、桃子或橙子。说到拒绝各种对效果的寻求,他做得再好不过了:为了让人们逐渐察觉几乎所有其他画布都被各种颜色填满的情形,只需要三四幅不同凡响的作品问世(小锅的静物画)。

* * *

《幽灵船》②。第一次在歌剧院听到这部歌剧时,第一幕就让我觉得乏味,唯一有印象的是第二幕里讲述桑塔散步和女纺纱工回忆的美妙场景。第二次去听时,瓦格纳的歌剧创作天分和舞台造型的完美结合令我震惊:大海里幽灵船在惯性的作用下直冲过来,就像一艘驶入不莱梅的吸血鬼帆船。幽灵船在第二幕里消失了。第三幕里,无声的黑色军舰上一群水手正在大吃大喝,这次简单又富有力量的新发现把音乐主题和典型的情景联系在一起,和书中魔咒般的话语一样,甚至更有力量。正是语言、姿势、场景、主题的融合——贯穿

---

① 夏尔丹(Jean Siméon Chardin,1699—1779):法国著名画家。
② 又名《漂泊的荷兰人》,瓦格纳的歌剧,创作于 1843 年。

始终，别的音乐家无法做到——让瓦格纳的所有音乐剧成为渐渐走向停滞的行进，既神奇又富有预言性。音乐的魔力正在于这停滞的瞬间。相反，停滞的瞬间也是让音乐更彰显其魅力的标志。

从音乐上讲，《幽灵船》的结构很特别：整部歌剧的戏剧元素被放大——由于膨胀和感染——管弦乐和声乐元素被简化为描述桑塔散步的咏叹调。这个作品中具有放射性的核心让整部歌剧都产生了变化，从头至尾始终如一。瓦格纳的其他音乐作品就缺乏这种高度的一致。相比之下，女纺纱工这一场景所表现的"主要场景"只有两条线索的展开，没有任何情节的变化，就像河流上游与下游一样平淡无奇。

＊　　＊　　＊

菜园：野生树木和成熟果实那让人垂涎欲滴的琼汁里堆积着浆汁和美味。好像看见盐田里浓缩的海盐水正一滴滴地透过孔眼慢慢变成纯盐，只有靠自然原汁的颜色深浅的细微差别和中间状态才能把菊科和蓼科区别开来。我有一块菜园，就在我的书桌外，一低头就能看见，由四五个园丁照料。似乎从春天起，在阳光明媚与雨水浇灌的不断交替之间，总有一个类似原始炼金术般需要耐心的工序。这并不是要让植物呈现辉煌的状态，只是在精神状态上达到浓缩，根须、泥巴还没有除掉，用平锅、平底锅代替蒸馏罐来完成升华。

正是这种大地的精华即将成为人间美味，为了变成人间美味几乎未远离腐殖土的植物精神（就好像同样也有动物精神一样），让我在念到"Légumes"这个法语中最具表现力之一的美丽词汇时(只需要和英语中"蔬菜"这个贫乏的词汇比较一下就知道了)兴奋无比。从刺激食欲的角度看,没有什么可以和它多肉、带有泥土气息的美味相比拟。

* * *

基督教教义中,尤其是和"耶稣道成肉身"相关的异常复杂的部分最终让基督教一直顺利走到了今天。作为奥义和本身有着无法克服的矛盾的综合体,基督教引发了许多分裂、不和以及异端邪说,它只能通过一个世纪接着一个世纪地不断孕育出神学残酷环境中的拓荒英雄来面对不断涌现出问题的阿莱克斯以及"信仰斗士"(只要想想在希腊—罗马宗教、伊斯兰教、佛教和婆罗门教里"信仰斗士"的含义,就不难看出这个非常常见的表达方式在基督教里的奇特之处了)。基督教不可能永远不去想象伊斯兰教的长期昏睡,印度各种宗教的不扩增和让漂泊不定、四处流散的犹太人奇迹般地走过了数个世纪的犹太教法典的保护壳。对基督教而言,从始至终的内耗和几个战线上的争斗就等同于幸存。法国表面看来安宁稳定的 17 世纪,内部却是翻滚沸腾,动荡纷扰,精神的十字军东征难以平息。无论何时,无论谈论到宗教团体的精神约束还是少数选民,总是出现这些问题(的确是这样)。就好像基督教成了唯一的宗教,它生长的正常环境不是安静的环境而是悲剧环境。

* * *

随着西方文化的全面扩张,廉租房时代、晶体三极管以及瓶装可口可乐的全面到来,异国情调从文字和旅游中一起消失了。对于那些喜欢生活在每一种文化的角落里的人来说,就像在冰川膨胀期躲藏到洞穴中一样,异国情调依然存在。每种文明都会有一块麻木甚至是退化了的"穷乡僻壤",这块土地有时会逐渐扩大,形成一块油迹(甚至让有着伊卡博德和沉睡谷①的新英格兰变成内陆里毫无生气的乡村)。这就是为什么在法国拜访中部的农民(或是卡门热、瓦尔哥德玛的农民),在日本深入到艾诺斯村庄,在美国参观缅因州和佛蒙特州的中世纪森林洞穴时,我们对莫朗(Morand)这个连飞机都无法到达之地的不适应又有了新的意义。就追求异国风情的感情而言,对当地特色及风俗的考察,在一些古老的村子里对当地习俗的深入了解填补了互相融合的古老的文化碎片。即使在一个最无知的灵魂里,历史以及承载历史的无邪之地都会替代单纯的旅游乐趣。正因为如此,具体地理的魅力在今天已经逐渐淡去,慢慢演变成空间科学。

＊　＊　＊

在专门描写苏联象棋大师的系列丛书中,有一卷是纽斯塔特写的《历史上的第一个冠军》,这本书讲述了斯坦尼斯②的生平。我费了很大劲才读完了俄文版(令人难以置信的是这本书印刷了 4 万册)。斯坦尼斯是个颇具传奇色彩的老板,也是国际象棋的创始人(国际象棋棋坛上的保尔·莫菲

---

① 沉睡谷(Sleepy Hollow):美国著名小说家及历史学家欧文以沉睡谷的故事为基础,在 1799 年创作出了经典作品《沉睡谷传奇》。伊卡博德是其中的主人公。

② 斯坦尼斯(Wilhelm Steinitz, 1836－1900):国际象棋史上的第一个冠军。

注定是一颗流星）。对象棋坚定不移的感情完全吞噬了斯坦尼斯的生命，象棋史上第一次出现这种情况，但不是最后一次：菲利多尔也会作曲，拉布尔奈同时也是批发商，考利希还是个银行家，斯多通评论莎士比亚的作品，安德尔森也是一位数学教师。从步行二十公里只为了找到一个对手的犹太小学生到 1900 年因为贫穷死在纽约一家医院里的落魄冠军，在他半个多世纪的一生里，除了青年时期就萌发了对象棋的强烈兴趣并从此一直割舍不下的六十四格的棋盘外，斯坦尼斯一无所有。我从这本书中得知斯坦尼斯有一个妻子，两个女儿，至于他女儿的具体情况以及之后的生活，人们都无从了解。人们也很难想象这些生活在阴影下的孱弱生命是如何被肉食者吸干了鲜血失去光华的，这个肉食者就是巴尔达泽尔一家。

斯坦尼斯喜欢与人争吵，尖酸刻薄，性格多疑，爱记仇（他一生都无法释怀对波德的敌视。波德曾和莫菲对弈，认为莫菲会让斯坦尼斯溃不成军。斯坦尼斯曾六次和波德交手，每次都是使出浑身解数才最终获胜）。说到下棋的理论，与获得的胜利相比，斯坦尼斯对自己的理念过度自信，时刻准备迎接挑战。在争夺冠军称号的比赛中，他力图保住每一局的开局，但实际证明他是保不住的。

我重新读了这本书里一些经典的章节：在斯坦尼斯身上，绝对无误的自负常常影响到他的比赛状态。他在比赛中没有任何欺骗对手或者做出一点改变的意思。比赛一开始或者开始不久后就能看出他采用的战术（实际上如果说他是靠理念获胜的话，那么这种理念赢得光明磊落）。在先后赢过他的拉斯克尔和阿莱克因身上，比赛就没有那么光明正大了，他们的手段阴险得多。但是如

果说理念也很精彩,光明磊落的比赛就是另外一种面貌
了,会成为经典。在莫菲的理念中天分的因素更为突出,
他的理念里一定有某种智力上违背常规之处。正是这种
理念起到了划时代的意义,因为它的魅力在于激发身体
的无限能量。

　　这本书呈现给我们的斯坦尼斯并非一个知识分子的形
象,而是一个有着胖嘟嘟的脸颊和凌乱胡须的矮胖的不倒
翁,行动既粗鲁又笨拙,样子一点都不讨人喜欢。他的体态
有些像老照片里的人,给人的感觉就是一个没有得到良好医
治的跛子。和有着柔和目光、光滑胡须的楚凯尔托特①,以
及在参加"剑桥之春"美国联赛之前要求主办方为自己找几
个女人的吉哥瑞纳相比,斯坦尼斯完全就是国际象棋棋盘上
的卡利班②。和轻飘飘的莫菲相比,他就是地上的矮子,但
他掘地三尺挖出了宝藏。

＊　　＊　　＊

　　德夏贝尔,共和2年的志愿者,弗勒吕斯之后的独臂
者,战争特派员,百日政变期间被拿破仑任命为将军。
1815年之后完全醉心于惠斯特牌、台球(用一只手!)和国
际象棋。在拉布尔奈进军棋坛之前的几年,在这三个项目
上没有一个法国人是他的对手。德夏贝尔这个人爱说大
话,性情颇为怪异。他从来没有读过与象棋有关的书籍,
自称在三天内就完全掌握了象棋的精髓。他认为自己不仅

---

① 楚凯尔托特(Zukertort):国际象棋大师。
② 卡利班(Caliban):莎士比亚的作品《暴风雨》中半人半兽的怪物。

在法国而且在全世界都无人可敌。在法国他有机会可以与
人一较高下，而对世界上的其他棋手他一无所知。这种自
信让他一生拒绝与别人过招。英国棋坛高手刘易斯来巴黎
时曾与之对弈，结果德夏贝尔差点儿输掉，从此不再和刘
易斯平等地交手。在一次三人对决中，他彻底败在了自己
的学生拉布尔奈手下（七比零），之后他再也没有摸过棋
盘。人们已经完全掌握了他的三四盘棋（他自己毫无察
觉），当然是举足轻重的几盘棋。他的棋风有些类似菲利
多尔，不循规蹈矩，富于变化，总体来看缺陷很多，加上他
对任何阴险的招数都有着敏锐的嗅觉，因此没有人能够迷
惑他。作为这个王国，更准确地说他自己声称的这个想象
中的世界帝国里所剩下的唯一臣民，拉布尔奈和圣·阿蒙
曾公开表示过对他的敬仰。缺少参照标准而愈发强烈的好
奇心让德夏贝尔直到今天都是一个诱人的债券持有者，但
没有什么能让这张债券有效，号称棋坛上的"比克克尔之
战"的这几局棋都是国际象棋世界中的小事件。

* * *

人们很自然地把作家独处时所拥有的神力以及独创性
与文艺复兴时期的诗人联系在一起，这种想法在 17 世纪依
然存在，并且和浪漫主义一并为人称颂。但到了 18 世纪这
样的想法突然消失了，与它一起不复存在的还有对诗歌的感
情。作家无法抗拒地完全融入到社会生活之中：文学作品变
成了回应，对刺激的立即回应，但只是对外部刺激的回应，是
通过杂文表现出来的：伏尔泰的所有作品都要"预订"，这还
不是从经济角度所说的预订，他就像童子军一样时刻准备着

进行反击,准备对事变、遭遇和各种事件采取行动(但唯一必需的文学总是对那些还没有要求的东西做出反应)。从格林①到狄德罗②再到伏尔泰,所有知名或不知名的作家对卢梭的微词并非因为他穿着多瑙河地区农民的过时服装,表现出平民的自尊,也不是因为他夸耀自己的品德和讲课的方式,而主要是出自对一位离群索居文人的愤怒(卢梭其实并不孤独)。这些笔杆子互相争吵又彼此欣赏,互相争斗、互相背叛、彼此中伤又言归于好。他们不论说什么、做什么都认为在自己所追求的东西上显得孤单无助;他们烦躁、后悔,大声叫嚷,聚集在一起,从未想过要放弃生活在这样一个充满摩擦的环境里。不满足于暂时呆在费尔尼③这个真正的哲学文学圈子里,不满足于每天和整个欧洲保持一致,有人说对伏尔泰而言,世界从来没有像现在这样人头攒动。在伏尔泰文笔辛辣的文章和作品里,他随时都表现出两面性,自我伪装,自我调动,为自己重新洗礼、转世,编造出多种身份,如同司汤达那样。让不信教的伏尔泰感兴趣的不是现代作家的抽象的"读者",而是朋友,是可以说教、曲解、安抚、教训、迷惑、改变和接触的极具个性的朋友。

* * *

每次读到纳博科夫④的文学评论,我都能感受到他那种

---

① 格林(Grimm):德国童话家。
② 狄德罗(Diderot):18世纪法国著名哲学家,与伏尔泰同为百科全书派代表人物。
③ 费尔尼(Ferney):法国市镇,离日内瓦北部几公里,伏尔泰从1759年在此居住。
④ 纳博科夫(Vladimir Nabokov, 1899-1977):俄罗斯出生的美国小说家,诗人,文学批评家,翻译家。

幸福的绝望。他认为"语言的幸福"是无法传递给听众或读者的,这是专属于果戈里和普希金的文学意义上的幸福。这类作家的语言中带有的情感,也是渗入到他们的牙齿、指甲里的东西,仿佛现代社会里陈腐、迟钝的世界语——英语一样,可以说是在被国内外广泛使用除去了臭味的同时也与所有具有活力的语言不可替换的气味相隔绝。当我读到那些安第列斯、印度、南非作家用英语写成的中短篇小说时不止一次认为(用别的语言写成的任何一篇文章都无法如此自发地和我产生交流):希腊化时代的文学争先恐后地表现出来的是一种缺乏本身特色的语言,不成系列的文学,那些文字本来也只是翻译。

　　我不知道从语言角度如何来看法语和法国文学的地位。我们的语言呈现出独特之处:它曾经在某一个时期成为世界语言的后选之一,曾经是启蒙时代最受追捧的语言,曾经在18世纪被假风雅当作传播手段而推到了平庸化的边缘。当时在国外都可以听到法语(弗利德里克二世和其他国王都说法语),法语就像水痘一样流行。另一个独特之处是它曾经丧失了文化传播的功能:维也纳会议在1815年之后的近一个世纪里对法国产生了重大影响,阻碍法语与受其文化影响的地区之间联系而让法国在欧洲成为一个政治流放地。但它同时也让法语重新找回了自己的独特性:雨果的语言和马拉美的语言,巴尔扎克、福楼拜和于斯曼①的语言归根到底在天赋上和16世纪的语言、18世纪的语言类似,但却因为太过于脆弱(就像一件穿了太久而极易破损的衣服)而无法保持热情洋溢和勃勃生机。

---

① 于斯曼(Huysmans,1848—1907):法国小说家和评论家。

＊　　＊　　＊

18 世纪，一个奇怪的世纪。这个世纪的诗歌似乎失约于诗歌艺术。整个法国开始流行创作拙劣的文字，从城堡信件到报复性的讽刺诗，从政治性的抨击文章到园艺林业著作。曾经在 17 世纪让布瓦洛①为讽刺诗和书信体诗文费尽心血的作诗狂在 18 世纪真正流行起来。诗歌的黄金储备消失了，诗歌纸币的到处流通导致了成色不佳的通货膨胀；18 世纪正是伴随着甘冈布瓦路②一起开始的。

这一时期，短诗、歌曲、口头音乐的威望降到最低点，甚至作为价值元素已经彻底消失，所有的内容都是老生常谈（甚至曝光过度），剩下的只是因为遵守韵律、格律而产生的表面问题：这只是这个时代为了追求美而进行的柔韧性和肌肉的简单练习，是无关紧要的。伏尔泰有能力写出一篇细腻而辛辣的讽刺诗，一卷韵律整齐的作品，仿佛这个作家在表演杂技，人们在惊叹于他高超技艺的同时不禁要问为什么以影响大小作为评定成绩的标准。

＊　　＊　　＊

在著作、文章中引用作家语录的做法再也无法吸引 1990 年的读者了，但这一事实却无意间暴露出人们对作家创作严

---

① 布瓦洛（Boileau，1636－1711）：法国古典主义文艺理论家，著有《诗的艺术》。

② 甘冈布瓦路（Rue Quincampoix）：巴黎的一条街名，在 18 世纪俗称"坏话街"（Rue des Mauvaises Paroles）。

肃性的怀疑以及评论界得出的大众与作家之间存在交易的
结论。除此之外，在大众与文学之间的关系问题上，它更突
显了用语文课来取代修辞学习之后的深刻变化。这就好比
在解释一篇短小的文章的时候，在并不完整的资料中任意选
出一篇当作替代品；今天的文学评论已经一点点被引用语录
所侵蚀（有时电视上的文学节目极其可笑），它认为自己面对
的是一部分"头脑空空的"大众，是那些没怎么读过书的人，
因此就要激发他们的兴趣和关注度。这极具说服力地说明
文学作为样品的时代已经到来。

* * *

佩吉①。照片没有为他一生中的任何一天留下永恒的
回忆，他被鼓动参加 1914 年战争而最终未能幸免于难，没有
留下一张照片。而美好时代的法国农民一生中如上学、领圣
体、入伍参军、晋升等重要时刻都有照片留念，这些照片被镶
进相框挂在家里的壁炉上。如果拿佩吉和一个 18 世纪的作
家相比，甚至是和从不认为自己是思想巨人的伏尔泰和狄德
罗相比——这是文化领域闻所未闻的大退步——就像在政
策的有效性计划上向前大大迈进了一步一样。同时，有关
"民族"的新概念在 1789 年之后也给思想家留下了深刻的烙
印。精神上的封闭以对世界的逐渐理解而告终。1789 年之
后的法国再没有出现过一位在世界范围内有影响的思想家
（继歌德、黑格尔、马克思、尼采之后，德意志也染上了疾病：
19 世纪末，奥地利—匈牙利日尔曼区接过了接力棒）。

---

① 佩吉（Péguy，1873－1914）：法国诗人，著有《夏娃》、《第二种德行的神
  秘门》。

＊　　＊　　＊

1930 年前后的天主教氛围让贝尔纳诺斯①和格林小说里所有强大独特的幻觉、转弯抹角的忧虑都像兰花一样开始怒放。天主教暖房里的温度已经无法保证鲜花盛开。第二次梵蒂冈大公会议及其后所创建的一定时间、一定地点的文学是暂时处于冬眠状态的边缘文学,它的复苏完全要依靠精神世界一次新的律动。

尤其是贝尔纳诺斯 ——其作品中的主角不是神甫就是生活在神甫周围的人——他的《乡村的本堂神甫》能否在神职人员已经沦落为平庸社会里的服务人员(三人或八人一组)的今天让人们有所醒悟呢? 今天我们还是要走进神职人员这个密不透风的特殊阶层。过去圣西蒙公爵就生活在这个阶层中,同样的动力激励着圣西蒙公爵在普鲁斯特所生活的那个追赶时髦的时代甚至在现在这个飞速发展的社会中继续进行创作,而他本身的风格没有大的变化,改编至少是可能的。但是我们怎么走进完全由缺乏幻想的世界所操控的大脑的化学反应里去呢?

＊　　＊　　＊

安德烈·皮耶尔·德·曼迪古斯②的风景。安德烈笔

---

① 贝尔纳诺斯(Bernanos, 1888－1948):法国作家。
② 安德烈·皮耶尔·德·曼迪古斯(André Pieyre de Mandiargues, 1909－1991):法国作家,其著作种类繁多,包含有诗、短篇小说、长篇小说、戏剧、绘画评论及文学评论,1967 年获得龚古尔文学奖。

下的风景画灵感来自梦境,这些梦境大多和波德莱尔的"巴黎之梦"如出一辙:写实的石头、流水、倒影,对称而紧密。画中不规则的植物往往显示出树木的矿物密度。借助如阳光、柏树、蝉、大理石和雕塑等当地的实物所描绘出的不是一幅"地中海"风景,靠的是具体的再现,抛弃了朦胧,显示出活生生的转角,日晷的锐利阴影。

——那些对戏剧以及戏剧的第二次飞跃即歌剧有着年深日久的情结的人(包括我在内),会不由自主地梦见束缚戏剧传统结尾方式的墙不见了,而且被解放的戏剧本质融入了世界,并且根据自己的法则进行了整理。

——皮耶尔·德·曼迪古斯几乎所有的戏剧创作都是视觉的变化,都与天启相关,他那部著名的《聋子的目光》就是证明。

——从根本上说,戏剧是一种仪式。当自然的束缚(爱神)要取代情感的选择(曼迪古斯作品中的女主人公从来没有这样做过)时,仪式就进入了戏剧。

——人们常常在皮耶尔·德·曼迪古斯的故事里看到按照肉食植物或马克斯·恩斯特的《小径分岔的花园》方式布置的机械的风景:一旦走进去,能够安然无恙地返回的机会就很小了。

——在曼迪古斯的故事里我不止一次发现特殊的惊恐不再和午夜十二点有关,而是和正午联系在一起,在地中海的熊熊火焰中诞生。我惊喜地发现我中学时读到加斯东·勒鲁的《黑衣妇人的香气》时也曾产生过这样的惊恐。

——在故事的布景上,皮耶尔·德·曼迪古斯是个几何学家:三角形、多角形、多面体、金字塔形、钻石形的物体时常可见,在组合上也是完全对称。这些东西好像不是根据用途而是按照结晶方式来排列的。布景中有时还会出现皮耶罗·德拉·弗朗西斯卡①作品里的圆形或六边形建筑,大大的拱门不知通向何处。从上流人士的目光中可以看出他们不喜欢将这种平庸的方法用于布景布置。

——这些故事中充满着不连贯(《钻石》——克罗林德),其作用之一似乎是想切断人与人之间的好感和沟通。人们只有在自我之上(或之下),通过某种自我之外,如爱神、死亡、疯狂等才能和别人交流。

——对于性的确切定位是没有意义的:血液的第二次循环让爱神的身体渐渐苏醒。没有人比《摩托车上的女人》的作者更能承担起这个主题。

——除了对路线近乎苛刻的挑剔之外,皮耶尔身上没有其他什么更让我欣赏的地方。比如在《摩托车上的女人》、《海之百合》和《海浪下面》的第一篇小说中,当男索居者和女索居者(他笔下有没有不离群索居的人呢?)向错误的方向走去,当有关道路的所有细节逐一出现在眼前的时候——他就像一个被罚苦役的犯人,什么都无法为他内心不停转动的摄影机的被动性作出辩解。

——我读到这些有几何图案装饰的故事时,在《观景台》里时常提到的腓特烈二世的蒙特城堡八角形的轮廓就隐约浮现在眼前。我想作家对此一定有着某种类似拜物教的崇拜。这个"星形城堡"并非建在深渊旁,相反却通向略略倾斜的高地,但是大门跨度之大令人害怕。我猜想这个城堡的修建者具有多重性格——支持者和保守者,享乐主义者和异教

① 皮耶罗·德拉·弗朗西斯卡(Piero della Francesca, 1420-1497):意大利文艺复兴时期画家。

徒，拥护所有宗教，优雅，残暴，令人难以捉摸——不会让作家不喜欢。

——美和丑、奢华和污秽、鲜花和肥料之间的内在联系，法国浪漫主义为这种联系带来的是喧闹而非实效。这种联系出现在这些故事里，从未考虑过会产生什么影响——色情是一种常常受到诱惑、常常错过的炼金术式结合的催化剂。

——我不喜欢主张作家应持客观态度以及人物创作自由的教条主义者，相反很欣赏皮耶尔·德·曼迪古斯，他赞赏、教育、告诫他的人物，采用的是守护天使偏袒逃学者的方法和他对天堂里的行为方式的想法。

* * *

谈文学作品的生存。古典时代之后，作家的作品越来越无法经受时间的考验，越来越像是为占据主导地位的意识形态和当今文学技巧的需要而调动起来的暂时支架和担保人。被我们称作不道德的东西往往只是图书馆里存放时间很短的东西，为了支持当时的文学方式和性情，而时不时地重新调动起来。

* * *

照保尔·瓦莱里《文艺杂谈》的说法，从纪德①的《日记》发表以来，他就不间断地一直阅读（也许是想知道纪德在书

① 纪德（André Gide，1869－1951）：法国著名作家，代表作有《背德者》、《伪币制造者》、《日记》。

里是如何谈论他的）。我试着用瓦莱里的眼光去读《日记》，觉得那是一种新鲜的娱乐，不费什么力气就把作者和读者面谈后新奇的内容加到作品中间。我不禁要问，我们在阅读中很少会用一些小技巧，为什么在写作上（从第一人称到第三人称的过渡、书信体小说、日记、私人信件等等）从未停止过重新创作出一些技巧。

* * *

"那天，我沉浸在北方夏季红色铸币的喜悦中。成熟的浆果富含铁质，与三和弦、五度音程一起一唱一和，和树上一窝雏鸟叽叽喳喳的叫声相互应和。"

作家奥西普·曼德尔施塔姆[①]这样叙述他在阿布哈兹森林中（《亚美尼亚之行》）发现一株野草莓的经历。他还写道："院子里有两棵粗壮的椴树，深暗的桠枝伸向空中，它们的年岁太大了，已经有些耳聋，它们性情倔强，深居简出，什么也听不到，什么也不懂。岁月让它们浸透了雨水，闪耀着光芒。"

这类文章提出了有关想象真实性的问题，自从超现实主义创作时代以来，看待问题的角度就有了变化。因为超现实主义把情景之美建立在相互关联的词汇最大程度的不同之上。布勒东所倡导的、具有决定性作用的"上升的符号"的标准在曼德尔施塔姆那儿并不适合。乍一看，让第一个片段贬值的是过度的机械化（铸币以及视唱练耳的间歇音距的形象

---

① 奥西普·曼德尔施塔姆（Ossip Mandelstam, 1891－1938）：俄罗斯白银时代著名诗人、散文家、诗歌理论家。

应用在草莓种植的密度上）；相反，第二个片段被万物有灵论所损害（椴树有五种感官）。一旦人们跳出了这些不恰当的范畴，一窝雏鸟的景象就会变得生动而可爱。也可能对于情景而言并不存在明显的准确——这种相似的准确的必要性已经随着勒韦迪①和布勒东的出现而消失了——但是，相互厌恶的词汇类别的相容性又是存在的。曼德尔施塔姆描绘的情景留给人的印象不是表面的不准确，而是两个相互排斥的个体之间不正常的融通，就像不小心把一个奇数放进了偶数群里一样。

* * *

这些年来渐渐开始的戒烟、戒酒、戒油腻食物的小小的禁欲主义并非对"创造性"没有任何影响，如今我们说话已经不那么优雅了。人间的浆汁过度流通、生理上的慷慨交流是艺术家达到最佳创作状态的条件之一。我们所说的"自然"在艺术家身上不仅仅是感知力、想象力和个性的问题，但可以肯定的是他们高产的艺术灵感背后，一定有个隐藏起来的"大食客"——即使人们往往难以确认他们到底吃了什么东西。

* * *

文学领域里创作者的早夭率明显高于其他重要的艺术领域。在写作上，和独一无二的才华紧密相连的文学创作几乎

---

① 勒韦迪（Pierre Reverdy, 1889—1960）：法国著名诗人，超现实主义的先驱之一。

不会中断。作家在一次创作失败之后，会转向其他类似的创作活动。他们很容易就会有和文学创作作交换的感觉，但其地位仍维持不变。一个失败的雕塑家只是一个失败的雕塑家，没有任何挽救的办法——但对于一个天资普通的作家来说，新闻报道、通俗小说、电影剧本、杂文都是他可以重新从事的工作，而且往往会认为这样做没什么不对，因为他可以在这个领域顺利地发展。作家想到自己最初入行时充实的生活就会意识到，造成现在创作终止的原因是误入歧途，受到了其他有利可图的行业的影响，这就像巴黎综合工科学校的毕业生因为离开国家部门进入私营企业而失去了晋升的机会一样。

* * *

"首先要让年轻人养成阅读的习惯：高乃依①、博絮埃②都是他们应该知道的大师。他们很伟大、很崇高，同时也兢兢业业、生活平静，处于隶属地位③（维尔曼④引用拿破仑在谈到重新开放师范学校时的讲话）。

拿破仑在谈到与权力有关的话题时，独特的风格之一是他那种柔和的蛮横，充满挑衅，这是他的本性使然，没有丝毫的虚伪。他谈到权力时也带着这种本性。没有哪位专制君主能像他一样拥有毋庸置疑的语气，以及在绝对服从问题上毫无掩饰的几乎是平和的理论。拿破仑身上闪耀的不是圣

① 高乃依（Pierre Corneille, 1606—1684）：法国古典主义文学的代表作家，代表作品是《熙德》。
② 博絮埃（Bossuet, 1627—1704）：法国天主教主教、神学家、史学家。
③ ［法文版注］我自己给这个词加上了着重号。
④ 维尔曼（Villemain, 1790—1870）：法国文学理论家，较早提出比较文学的学科理论。

油,不是神圣的人民,也不是历史的意义,而是权力,是"神圣的特点"。和戴高乐一样,他从不屑于用一纸法令来使自己的行动合法化。仔细想想,这非常令人惊讶——1804 年拿破仑达到人生的顶峰,大量赞扬的话语也随之而来:令人眼花缭乱的排场,权力真空期,大众的一致认可——无论是面对国家还是面对路易十八的回答("您不该奢望重返法国,因为您得从数十万的尸体上踩过"),他都不曾提出业已完成的事情之外的其他任何理由。他身上有着某种类似本能的反感一样的理性:他的权力因此受到玷污。

* * *

最后几年的夏多布里昂……在我们看来,在所有围绕在他身上的光环中,伦敦大使和罗马大使的声望远不及能够掌控逝去韶光的大使那样让人羡慕。没人能够这样累积回忆,让回忆变成一个看得见的光环。他似乎总是漫不经心地回忆起香榭丽舍:那是站在君主立宪制大厅里穿着公务员服装的过去先生。

* * *

爱情的马里沃体①——很快收回的不彻底的表白,拐弯抹角的问题,带有寓意的形象,卑鄙的手段,刻薄的谈话,模棱两可的前进和后退,所有来自拉辛的巧妙构造——其目的

---

① 马里沃体指 18 世纪法国喜剧作家马里沃那种过分细致而矫揉造作地描写爱情心理的笔调。

是通过冲突达到两人之间相互的性吸引。这类爱情场面非常适宜用来考量演员的才能，就像斗牛一样，剧作家和演员知道要把相连的"庙宇"引入这样的场面中：1870 年至 1930 年间，马里沃体表明并认可了才能无与伦比的作家的性质。这是法国舞台"名演员"的黄金时期，因为和其他根据身体的吸引编撰出来有着一些巧妙技巧的剧本相比，表现这种场面的剧本要少得多。才华唤醒了同伴身上的才华，某种持续不断的力量又将同伴身上的才华激发出来。这样的戏剧在不断地自我丰富。半个世纪前，除了拉辛和马里沃的古典戏剧还在上演之外，其他的都连人带物一起从法国舞台上消失了。从文学角度而言，我不认为这有什么可遗憾的。但是对于演员来说，随之一同消失的还有一所优秀的学校，因为演员才华的实质就在于此。一个明白易懂的剧本，让肢体和脸部的表演有足够发挥的空间，这种表演都源自剧本，在剧本的发展变化中诞生的"自由的形象"又赋予剧本以活力。现在，演员在"姿势"中所表现出的自发、毫无缘由的某种粗暴表明他们肢体表现上有着不足。造成这种不足的原因之一是由于剧本的创作是在演员不在场的情况下（导演也不在场）完成的，演员的语言和动作之间缺乏相互的联系，现代舞台上演员的表演几乎无法再现剧本的魅力。

* * *

"火车站，夏季的午后：世界宁静、清晰，向拱门的两端敞开。"（瓦乐西·拉赫博①）这是一位作家的标志。用两行文

---

① 瓦乐西·拉赫博（Valery Larbaud，1881－1957）：法国作家。

字描写出带有玻璃窗的高大拱门两端的日出情形并非易事。日出是乡村古老火车站上的一首抒情诗（自从二战炮火之后，巴黎火车站外，几乎已经没有一个出站口散发出忧郁的气氛）。

* * *

天才的特权当中有一种引起不安的权力，他会在最恰当的时候极为从容地行使这个权力。我在歌德和瓦格纳身上看到了令人信服的例证。科克托①这样的作家明显的弱点之一就是突如其来的恐惧，在面对消沉时的头晕目眩：让人觉得每个句子都被排列成要出发的样子，而且下一个句子也似乎准备出发，像焰火般相互映照。科克托为了让这些句子跃过隧道还缩短了索福克勒斯②的作品。

* * *

阅读的守护天使是这个时代伟大、快捷的节油器。面对热情洋溢的书评、被吹嘘的书名和犹豫着要不要购买的书籍，守护天使在我们的耳边吹了一口气，轻轻地但起着决定性作用地说道："不，不要这一本！放下，这一本不属于你，这本不是写给你的。"

后来当我不得不去核实这个问题时，我发现根本不必找到这种自发放弃的正当理由，因为做出放弃决定的征兆既微小又

① 科克托（Cocteau, 1889—1963）：法国诗人、小说家、戏剧家、画家、设计师。
② 索福克勒斯（Sophocle，公元前 496/495—公元前 406/405）：古希腊著名悲剧家。

多变:书名、作者、文学体裁、评论的语气以及谄媚者和批评者的人格,因此就更加难以解释了。流通过程中的整部作品就像是倾倒特殊排泄物的地方,在奇怪的文学性征的作用下,盲目地把所有警觉的耳目和一部分公众带到了这个远离其他人的地方。

* * *

吃午饭的恩斯特·容格尔①。他把刚出版的一本由法国摄影师拍摄的他的肖像集拿给我。他身体灵活,步伐矫健,脊背笔直:在交谈中我并不磊落地提到了德国和平主义的大型示威活动,但他没有任何反应。和处在生命中最后几个月里的安德烈·布勒东聪明地表现出"漠然"的态度一样,容格尔似乎想通过这种冷淡的拒绝来重申夏多布里昂在《回忆录》结尾说过的话:"这些即将到来的场景已经和我无关了:先生们,轮到你们了!"只要想到他这种冰冷甚至略带傲慢的漠然是针对这个时代的,我们就会认为历史的顿挫和他自己的意愿将会一致起来:一闪而过的普鲁士军队史诗在两个世纪后就走进坟墓;他会把由腓特烈大帝创建、被希特勒废除的最后一枚功勋勋章带进棺木;幸免下来的这一枚充满异国风情,已经成为福利国家公民的讲德语的荷兰人是根本看不懂的。

另外,"在他自己的国家里奇怪的地方"是他一生中反复出现的主题,这也许也是他和文学最终结姻的原因之一:他于1933年像修道士一样走进文学世界。尽管他的修道院和

---

① 恩斯特·容格尔(Ernst Jünger):德国作家,参加过两次世界大战,著有日记体小说《钢铁的暴风雨》。他的文学作品因美化战争、宣扬军人的英雄主义而颇受纳粹政权的推崇。

特莱姆修道院很相像。

* * *

从纪德的《日记》读到瓦莱里的《文艺杂谈》是很有趣的：他们一个是只能随着阅读而振奋的精神，一个则是别人的精神产物会给自己带来不快，而且只有在自己的想法得到证实时才承认的另一种精神——这往往是最不受欢迎的。他自己之外的任何想法都会刺激到他：对于这样的人来说，别人的书就是在侵占他的生存空间，他感受到一种半无理似的奇怪想法在变为现实。多疑的性格是从零碎的想法发展而来的，这和从神圣帝国中分离出来的分散的主权很相似，对他们而言所有的大陆国家都意味着危险。

* * *

和伏尔泰生前对基督教脆弱的免疫能力相比，歌德对基督教的蔑视给我留下的印象更深。在德国，歌德的这种态度没有受到任何制裁，甚至连针对他的尖锐批评都没有。官方的教义带着从容的漠视，也一直在回避。这种态度刺伤了神甫和地方当局，这比费尔尼那个情绪激动的人①恼人的胡蜂般嗡嗡声更让人难受。神圣罗马帝国腐朽的保守主义背后，在歌德生活的德国，为了打击对手而改头换面的路德宗似乎拥有了比法国天主教会更为软弱无力的防御对抗，至少后者还知道如何应对、反击官方的政治接班人。那个世纪的最后几

---

① 此处指伏尔泰。

十年,从谢林①、费希特②到诺瓦利斯,所有哲学以及诗歌的想
法都喷薄而出。我们现在来看不免会产生一种奇特的感觉,
觉得他们的想法是在一个中性或者麻木的环境中形成的。从
他们的官方发言人身上可以看到对不断受到攻击的已有观点
的严密回应。所有一切就这样发生了,似乎思想和写作的自
由从来不会比中世纪"神圣罗马帝国"时期更为自由,当时《浮
士德》就可以用讽刺诗无礼地抨击罗马帝国。

* * *

人们现在还在读莫里斯·盖因的《半人半马怪兽》吗?
一个半世纪前,这本书在圣·勃夫③和乔治·桑④眼中是当
时最优秀的散文诗。1986 年我再次打开这本书,以当时的
标准来看,它还是那么精彩,丝毫没有显得苍老。相比之下,
曾被看作是《半人半马怪兽》姊妹篇的舍尼耶的诗歌就显得
有些过时了。其实,从感受力的角度看,几个世纪的时间已
经把两者区别开了。舍尼耶本来应该有能力处理类似所有
浪漫的颤抖、"情感之潮"、孤独引发的阵阵剧痛、森林无边的
树冠这类陈旧的主题,正因为这样的主题反复出现,人们才
更清楚地看到两者之间的差距。正如舍尼耶的诗歌深受 18
世纪特征的影响一样,剔除了过于明显的迂回,以勾勒心灵
变化为特征的坛子和火把风格也深深影响着盖因的伪古典

---

① 谢林(Schelling, 1775—1854):德国古典哲学的代表人物之一。
② 费希特(Fichte, 1762—1814):德国古典哲学的著名代表。
③ 圣·勃夫(Sainte-Beuve, 1804—1869):19 世纪法国文学批评的代表人物。
④ 乔治·桑(George Sand, 1804—1876):法国女作家,代表作有《安吉堡的磨
　　工》、《魔沼》。

主义诗歌创作,盖因的诗只能让人们更好地感受到他的诗完全卷进了那场纷争。在舍尼耶和盖因之间,没有雨果式的轰动,但的确是一场时代巨变,是法国历史上最具有决定意义的半个世纪。接下来只需要说明为什么从夏多布里昂到拉马丁再到莫里斯·盖因,所有最精确地指向新磁极的罗盘都是天主教的罗盘。

* * *

在所有相互竞争的艺术种类里,精确大概是文学唯一的优点,它没有其他能够让人理解的甚至是近似的对等物。和其他艺术门类相比,文学和音乐、绘画之间的交流极为频繁。在作家看来,没有任何一种艺术可以不用探讨文学永恒的独特性,这就是应该把文学推荐给大众的理由。

* * *

善于分析散文的人。这样的人能够分析出一篇完成不久但已经很有名的作品如何渐渐衰老,就像一个优秀的漫画家能够在一张年轻的脸上预见到褶皱、皱纹和浮肿一样。我欣赏的真正的漫画家艺术是模仿,漫画家在准确剖析绘画对象的基础上,需要添加的是对缓慢前行的生命未来作高超的预测。

* * *

我们会不由自主地想起 20 世纪这个文学世纪,这是因为我们曾经生活在那个不断受到多种价值观念冲击的纷扰时代。上世纪末，魏尔伦①出版了《该死的诗人》。奇怪的是，他在书中称赞过的所有诗人都在 1900 年之前去世了。同时代的洛特雷阿蒙②也是如此，只是他从 20 世纪 20 年代开始才被奉为超现实主义的鼻祖。魏尔伦本人、兰波、马拉美、高尔比耶中没有一个人活到了 20 世纪。在以前，鲜有时代可以炫耀从前辈那里继承来的诗歌"评价"如此稳定的特征，那么对巴尔扎克—司汤达—福楼拜—左拉这个持久弥新的小说团体又作何评价呢？

* * *

在阅读的过程中，小说中已经读过的部分在我的记忆里会变成什么，当我读到——比如说——175 页时，在我的大脑里它又呈现出什么样子呢？这是创立小说美学要探讨的首要和关键问题，也是一个不好解决的问题。因为就像在观察原子结构时，目光的审视能歪曲现象一样，探索的眼睛在回过头来查看已经读过的那一部分时，很可能会让刚建好的脆弱的筏子自动解体，七零八落，变成一块块大大小小的木板。这个筏子是我们在阅读的过程中摸索着一点一点拼装起来的，它让我们能够漂浮在故事叙述的水流之上。

一部小说的"生命"很可能完全是一个难以识破的秘密，这使得已经登记注册的阅读元素不会沉积在读者的大脑里，

① 魏尔伦（Paul Verlaine，1844—1896）：法国前期象征派代表诗人，著有《诗的艺术》《无言心曲》。

② 洛特雷阿蒙（Lautréamont，1846—1870）：法国诗人，象征派代表人物。

但它们会彻底转变成富有想象力的刺激点。用机械术语来说，就是让一种惰性物质完全转化为一种推动力。

*   *   *

完成一部作品，从某种意义上来说就是摆脱长期以来令人痛苦的构思，重新获得思想上的自由。过去几个月，我在构思一部作品的过程中，曾不止一次地渴望这样的自由。但是创作一旦完成，那种感受就不仅仅是在自己已经出版的作品目录集上再增加一个书名那么简单了，就像在经过一番心血来潮、充满感情的内心装饰之后，终于看到了熟悉的、受到限制的、隐秘的思想和自己的设备。每完成一部作品，每出版一部书之后，我都会从内心空间的某个氛围中解脱出来，由创作实践所固化的空间是纯粹自由的开始，因写作而转变为物质性的空间是对自由的回答。

我以上的说法略微有些夸大在世的作家和他们已经完成的作品之间的关系，而这些已经创作完成的作品也是没有生命的作品。毋庸置疑，作品对作家而言是一个支撑，一个牢固的支持，是针对"内心生活"的不稳定所投放的抵押物，是通过感染来对别人的思想甚至对自己的思想产生影响的结晶物。但是在这种已经凝结的沉淀物里，无论如何还是会有作家自己精神世界里鲜活的、混杂的、有冲突的、变化的东西形成的化石。那些已经达到的形式，那些从形式中脱离出来的不仅仅是形式。作家——和所有读者一样冷淡，和所有创作者一样积极——是在与一部分源自他自己的固化物的日常交往中生活的。这些固化物，从自我到半诉讼代理人再到半神经质，是随着时间的推移被一个一个播种下去的。它们和作家一起从出生的那一天起就开始衰老,但又比作家衰老得快,因为每一个后继者的出生都会为它们添加额外的皱纹。作家是带着行李四处游荡的游人,但他们的行李却是无法申报的,因为每件行李里都装着一副尸骨,一副穿着衣服的漂亮尸骨,和罗马圣骨箱里的尸骨一样,化了妆,佩带着鲜花:这副尸骨就是作家自己,是他一生中不同时期经过保存、风化的尸骨的复制本。

*   *   *

如果粗略统计一下我们一生中用于读书的时间,就会发现我们读过的书远比想象中的少。我们没有时间去读那些我们认为已经读过的书。

但是我们已经读过的书只是我们从书本上获取的一小部分知识。那些我们竖起耳朵(懒惰的耳朵)听到的东西,那些一听到引用其中某个段落就会唤醒我们内心清晰回声的书,那些和我们拥有的名著一起被贴上标签的书当然也不算在内。那些我们只知道书名和大概内容的书,像有用的参考书一样都被罗列在我们的书目中。

那些经过跨行、核实和传染而累计的知识可能才是真正的书本知识。书籍是有传染性的。大多数名著把它确定并散播出去的半真实性给予那些还未被读过的书。就这样,在阅读仅仅遵循等差数级的变化时,书本知识从获取一定的知识开始,就可以通过类似解决一道难题一样的方式,以指数函数的增长速度增加了。会讲多种语言的人也都积极实践这种办法以便掌握其他语言。要通过阅读充实自己,仅仅阅读是不够的,还应该融入书中的环境,书让我们利用所有的关系,又渐渐让我们无限接近这种关系。《恶心》①中的自修生提供了一个反证。

＊　＊　＊

波德莱尔:礼教式的色情,沉浸在教堂深沉回音中的心灵。波德莱尔的诗之所以特别,其中一个不容忽视的原因在于其诗歌中对两性欢愉时发出的喘气声、充满情欲的叹息以及房事时的亲昵举动的描写引起了宗教界的强烈反响。《恶之花》能够引起巨大反响,并不是因为当时是爱神统治的时代——18世纪的文学里已经有类似的主题——而是因为它第一次挑衅了宗教的威严。

＊　＊　＊

这个秋天还带着夏天的气息:天气晴朗、阳光明媚,总让人不禁有种想写点儿什么的冲动,就好像有的人在这样的天气里总想到海边去一样。但是由于时间有限,这样的冲动总是无法实现。这不免让人想到以前水生动物在繁殖季节到来的时候总会逆流而上,而现在已经退化的趋性却让它们只是更靠近河岸一点而已。

＊　＊　＊

中肯——但过于意外——是佩因特对普鲁斯特在《追

———————————

① 法国作家萨特的代表作。

忆似水年华》中完全忽略疯狂年代背景的评价。普鲁斯特
对莫朗、科克托、赫茨以及布蒙公爵的晚会非常熟悉，他在
人生最后几年里目睹了那个疯狂年代的诞生。在《在盖尔
芒特公主家的早上》中充斥着凡德伊音乐，而根本没有探
戈、拉戈泰姆、达达和黑人音乐的影子。当时热衷沙龙活
动的贵族青睐的是 19 世纪的 Vigiliae Mortuorum 音乐，但
不知为什么这种音乐迅速衰落，让人想到德尔沃①的电影
《夜晚火车》。这也证明了我在《边读边写》中提出的观点：
作家的天资并不足以把新时代的先兆和作品联系在一起，
这些先兆已经超越了指定给艺术蜕变能力的暂时时间。和
摩西相反，继续生活在灵媒连接时代的艺术家往往在最后
几年里被允许在应许之地上行走，但是永远看不见这块土
地。从这个意义上讲，普鲁斯特——正如瓦格纳没有及时
终止浪漫主义一样——并非宣告了 20 世纪的开始，而是关
闭了 19 世纪的大门，大门关上时延绵不绝的深沉回声从他
身后传来。

　　我这一代人里"知道普鲁斯特"的人大约和知道欧也妮
皇后②的人一样多，而且一定比见过（例如）哈蒂盖③的人多。
苏特索公主、保罗·莫朗——读了很多佩因特撰写的资料详
实的作品——在普鲁斯特生命的最后几年里，经常出入丽兹
这个地方。我曾在伏罗盖大街上的一间底楼套房里同时见
到他们两个人。他们就住在这里，房间里摆放着大大的中式
衣柜。直到现在我还记得莫朗的样子，满脸皱纹，面部线条

---

① 　德尔沃（Delvaux，1926－2002）：比利时电影艺术家，被视为"欧洲电影"
　　的一位先驱。
② 　欧也妮（Eugénie）：拿破仑三世的妻子。
③ 　哈蒂盖（Raymond Radiguet，1903－1923）：法国作家。

僵硬,像一个刚刚进行了外科美容手术的病人。由于上了一定的年纪,又经常接触这样的家具,再加上生活里的种种变故,他已经有些中国化了(在他那一代作家的职业生涯中,维希主义的统治时间是加倍的)。我对"迷人的苏特索公主"(普鲁斯特语)没有任何印象:这是一位看不出年纪的妇人,岁月的流逝对她毫无影响。在美好年代紧束的细带下变成干尸,用水平测量员般挑剔的眼光看着更年轻的一代的逝去,眼里流出了一条河。

* * *

阿兰-傅尼耶所有与女性身体有关的文章清晰地勾勒出了具有拉斐尔前派风格的性。他笔下的女性都是妇女:有情的多于无情的。他偏爱有一定地位的妇女,而且这类妇女往往以救济众生或巡视天下的形象出现。这就让他笔下的妇女和赤身裸体的女性处于相对的两极。他笔下的母亲形象和司汤达刻画的母亲截然不同("我想用亲吻淹没我的母亲,她一丝不挂")(亨利·勃吕拉①)。

* * *

在人类生活完全社会化的情形下,在我看来,人类随着时间的不断变化——我一遍遍读着《追忆似水年华》,好像这是我自己创作完成的一样——就是作品真正的、几乎无法摆

---

① 亨利·勃吕拉(Henry Brulard):《亨利·勃吕拉传》为司汤达的一部长篇自传。

脱的主题。当与别人的关系发生变化时,我也变化了,这种变化在普鲁斯特身上主要表现为自发的膨胀,就像气体在空间中扩散。被上流社会附庸高雅所操控的世界是一场复杂的跨栏比赛,每一根横杆都阻碍了个性的自由表现(在《追忆似水年华》里,行为举止的完全自主和真正的无拘无束只属于极少数的上层贵族。例如盖尔芒特公爵,他让自己的马匹在巴黎大街上练习各种不同的步伐,自己则坐在人行道上观赏,就好像在自家草坪上一样)。压缩是社会大戏里每一个表演者身上最持久、最具特征的心理特点;它就像是那个被装在瓶子里的魔鬼,努力寻找哪怕一点点的缝隙,从不停止。只是为了能够向外迸发,开始膨胀。同样,1914 年的战争把紧邻蒙索平原的维尔迪兰的能量释放到了圣·日尔曼市郊。这场战争也为邦当夫人打开了练兵场。由于受到德雷福斯事件的影响,练兵场已经关闭很久了。这个世界富于戏剧冲突的活跃运动来自受到束缚和禁闭的强大压力与被极少数特权者任意地过度占据的自由空间这两者的并存;不断开开合合的闸门释放出粗暴的力量,一切意义都包含在了气流和门发出的声响中。

* * *

对 20 世纪诗歌感受力的苛求似乎与旨在引领诗歌走向纯真状态的慢慢提纯背道而驰。就像化学意义上的纯水会侵蚀胃壁一样,我们生活的这个世纪只是在和别的东西相混合或部分稀释的状态下消费诗歌:如诗歌和小说、短篇故事、评论摘录掺杂在一起的时候。对读者而言,诗歌更像是酵母而非万应灵药。为了扩大影响,诗歌将它周围的空间让给与它截然不同的导体介质。通过完全穿透、辐射这种陌生的物质而不是吸收这种物质的能力，继马拉美式的英雄主义苛求之后，诗歌在降低对自身要求的同时得到了满足，并以自己的方式对康德哲学表达了敬意："冲破轻飘飘的气体的温和派会认为它在真空里能更好地飞翔。"

我有意把普鲁斯特的整部作品置于这种观点之下：这不是采用排除方法的提纯，而是通过一种放射性轰炸带来巨大的嬗变。

*　*　*

司汤达这样的作家和夏多布里昂这样的作家之间的相互不理解，乍一看上去似乎让他们的作品形成了两个相互排斥的世界，这种不理解很可能源于结构的问题而并非性质的问题。就好比诗歌对两人来说都是至高无上的，从构思到表达的整个过程，对一人而言几乎是尚未成型的、富有想象力的助推力，对另一人来说则等同于通过对手来表达想法的幸福。因此，药用植物的有效成分有时是从研碎的根中提取出来的，有时是从顶部的花蕾里提取出来的。

*　*　*

他的思想渐渐和自己的作品粘连在一起，一部分思想被作品改变。思想就像由他双手完成的活计一样在他身上短暂停留之后，在他毫无察觉时随便改变了他的前景、他的变化、他的举动和书册的分配之间的联系。

珍珠不会约束牡蛎，所有一切都让人们相信它们是舒舒服服地共同生活在一起的。但是牡蛎压缩了自己的自由空间，因为它必须和珍珠生活在一起。

*　*　*

在《阿拉贡和爱尔莎合集》里，阿拉贡想让他所爱的女人的小说永远和自己像相互缠绕的手指一样交织在一起。这是多么可笑又感人的举动，多么没有希望的挑战啊！即使才华相当（事实并非如此），作品还是无情地把由肉体或生命暂时结合在一起的东西永远地分开了：残酷无情的趋向性让那些鸳鸯墓上——与特里斯丹和绮瑟的墓相反——生长出的花最终朝着不同的方向盛开。即便他们的骸骨在坟墓里紧紧拥抱在一起——如普罗帕斯所说的 mixtis ossibus ossa premam①——什么都无法阻碍写作。这种残酷的孤独，从每个人最深处，对所有人提出这个无情的问题："女人——男人——你我之间存在什么？"

*　*　*

我十分欣赏夏多布里昂，对此我从不隐瞒。我从未发现可以通过诗歌来追忆深受当时哥达（Gotha）影响的爱情，这种爱让人想到托洛茨基②的嘲讽："在古老的城堡里、在时髦的水上城市里、在欧洲的庭院里通奸的世界性。"就好比在某个设有各种障碍物的道路上，障碍物的设置没有丝毫新意。

---

① 我用我散乱的骨头；抱住你的骨头。
② 托洛茨基（Trotsky，1879—1940）：苏联共产党领袖，革命家，军事家，政治理论家，作家。

夏多布里昂的一生几乎都在重复蒙莫的马修和莫雷这两个同谋和政治对手的布局：他们争夺相同的女人、相同的部长职务。什么都无法清除掉头脑中的猜疑：在这种没有一点儿一见钟情般洒脱的半自发、半精心准备的关系里，贪慕虚荣、渴望晋升的因素是不应当被忽视的。从求爱者到心上人，摆脱这个上升的标记令人懊恼。这个标记很可能是隐喻的真实性的标签，而不会是爱恋的标志，好像这些著名的、配有徽章的联系对于既没钱又没娶到有钱人家女儿的人来说没有太大的意义。先是幸运地写了几篇文学作品，接着又侥幸投身政治，让他伴随着动荡在稳定的投资中获得了收益。无疑是手中的笔给他带来了荣耀，但是那个真正表示贵族的姓氏在布列塔尼一个默默无闻的小乡绅的卧室里就可以得到。

总之，那些被他编入风流史册的女人并不比他的大使使命重要。一些女人对他而言是极具装饰性的出访请柬，一些女人则是暗中在交往，她们都代表公职序列的对称等级，他几乎同时在外交和爱情上达到最高峰。外交上，他攻克了作为最高目标的波特兰宫；爱情上，从政坛引退时他得到了茱丽叶。人们毫不遗憾地把优异奖发给了露茜尔这一章，那里面有无法进入的宽阔的黑色墙体和通道，人们猜测可能是通向呼啸山庄的荒原——通向出格、禁令和疯狂的荒原。

可能——或许——我是不公正的。最后几年里，这个逃避的人最终依靠茱丽叶，不再打自己的小算盘。这几年是很有教育意义——也很感人的——但费雷蒙和博西斯的爱情从来不是只装点生命的尽头，我更欣赏歌德在马里安巴苦涩地放弃医院的友爱餐，唉！这最初的身体伤害。还有更严重的（因为这关系到作品的结构）：在夏多布里昂的爱情和写作之间缺乏一切内在的、真正的沟通。他在《回忆录》里一直坚持的基调是爱情过后产生的忧郁和模糊以及勾起情欲的伤感，这种统一的基调没有保留住任何标志着感情觉醒的独特之处，而是将每一个情妇彼此雷同的回忆打包放进了从传道书里获得的已经觉醒的相同题材里。所有的爱情都以不同的方式开始，而结局却那样相似：《回忆录》里让人失望的是在那么多不同等级的美人当中——夏多布里昂的女友们只是在博絮埃本人抨击作品主题时才挤入美人的行列中。在这个既抽象又令人悲伤的时候，她们通过退场进入了这个世界。

* * *

阿道斯·赫胥黎①的作品《两三次赦免》用轻松调皮的笔调讲述了一个不断迎合私情对象的优柔寡断的女性彻底的转变。但这部作品里所有的爱，更准确地说在所有刚刚出现的爱的动力里，都有同一类型的转变的自发力量；每个人在接近心上人的时候，都会拿出只为这次相遇而定做的结婚礼服。一旦相互之间的吸引力减弱，这种暂时伪装起来的人格就会解体，让爱的失望和气馁变得尖锐而粗暴：为了摆脱心上人设下的魔咒，有时我们要重新找到我们自己工作日的记号。

* * *

我在新出版的口袋书里再一次读到了蒂博代②，他把

---

① 阿道斯·赫胥黎（Aldous Huxley，1894－1963）：英国小说家、剧作家和诗人。
② 蒂博代（Thibaudet，1874－1936）：法国文学评论家。

缪塞①定位为独白诗人。拉马丁非常了解独白诗,波德莱尔反对独白诗,雨果的诗剧打算采用独白诗的形式,所有残存到 20 世纪初的押韵的戏剧都将会采用这样的形式,到那时罗斯丹②将会是焰火中最绚丽夺目的一束。

"当鹈鹕……或者啊,不幸降临到那些放纵淫荡的人身上……"的大段独白(最有名的片段)标志着有必要让文学发出鼾声,让那些老生常谈的东西变成被搅拌的奶油(罗斯丹是独白的最后状态,为了让老生常谈的东西不要妨碍搅蛋器的加速运动,他吸收了独白的所有成分——无论什么成分)。在浪漫主义之前,这种必要性不可知,极具演说风格的革命赋予这种必要性以施展的空间。这种必要性似乎和中世纪以来法国所经历的、能够为普通大众所接受的诗歌唯一的观点相一致。我小时候,人们有时能在乡下看到(我曾经见到过)在婚宴结束之前那段唱歌的时间里,税务官或是桥梁公路工程局的司机站起来背诵《鹈鹕》或《狼之死》。略带醉意的听众们无不拍手称快:这样的独白里有民众的声音,已经转化为诗歌形式的独白。在民众的声音里,又找到了与公众集会上和给祖先的祝酒词一样略显不实际的修辞以及正式演说的节奏,至于内容是否听得明白根本不重要。可以确定的是第一次登上讲坛的诗歌只是在缪塞、拉马丁、雨果那里追求相当于选举的赞成票。

* * *

文学史的概念最早是在,也只能是在 18 世纪末出现的:

① 缪塞(Musset, 1810—1857):法国作家,代表作有《一个世纪儿的忏悔》。
② 罗斯丹(Rostand, 1868—1918):法国诗人和剧作家。

那个时候文学留给人们的印象是衰落，从此之后封闭的文学伊甸园的风景只属于过去。从 18 世纪起，这个园子只能通过压条、曲枝压条以及根蘖偶尔患上萎黄病的方法时不时地呈现出一些绿色。在目前文学成长的每一个可能的时刻，对于文学未来的想法出现得太晚了，这种想法推翻了以牺牲现实强调预感、牺牲履行的价值强调觉醒的价值秩序。从 18 世纪起人们甚至不再过多考量那些不是出身中最重要的东西，就好像以前只需要衡量那些可用来炫耀的祖先头像一样。

* * *

浪漫主义涌动的德国，随时把它关于艺术、智力的立场散播到自己的地理版图内，就像散播到了议会的半圆形会场里。随着立场的改变，人们也从左派转为中间派或者右派。在拥有歌德和霍夫曼的日尔曼，人们根据想法和好恶，在海德堡和柏林、图宾根和哈里、弗莱堡和魏玛之间来回迁移。耶拿城也在诺瓦利斯①死后变得空荡荡，转而支持德国佬的拥护者重新聚集在海德堡或柏林。席勒—歌德和提克②—诺瓦利斯有几年把防御力量放在彼此炮力可及的范围内。为了神圣同盟放弃雅典娜神庙的弗利德里克·施莱格尔③同时把灶神像和塞勒河岸搬到了奥地利多瑙河河边。

作家、思想家、哲学家永不停歇的流浪生活，如同血液的

---

① 诺瓦利斯(Novalis, 1772—1801)：德国早期浪漫主义诗人。
② 提克(Tieck, 1773—1853)：德国早期浪漫主义诗人。
③ 弗利德里克·施莱格尔(Frédéric Schlegel, 1772—1829)：德国浪漫主义诗人。

流动一样,能让一个国家的庞大身躯活跃起来,充满生机。它给歌德的时代,尤其是德国浪漫主义的短暂时代带来的,不仅仅是文化领域的运动,还有让人类生活活跃起来的思想,就好像思考能够让身体充满活力一样——与步伐、眼界相适应的思想找到了一小片国土,把歌德的作品限定在魏玛,把诺瓦利斯的作品限定在耶拿,仿佛希腊的老城就是用来满足诗人和思想家的。歌德在魏玛建立的小城市和伟大思想之间的和谐共处让这个如同披上外衣一样被神灵笼罩的小城出现了有趣的奇迹,在中央集权的法国是不可能出现这类共存现象的。

*　*　*

注意这个时间——也就是 1815 年——弗利德里克·施莱格尔认为歌德的诗歌"没有中心"。点评的重点不在于对错,作为文学评价、作为就作家所作出的从未公开的评价,点评的重点在序言里:这是情感和想象重心的评价,是与作品结构全等的评价,这是比同时代的其他人更多思考未来的作家和思想家所作出的超前评价。

*　*　*

我敢说渴望自己的评论付样的评论家们已经醉心于书本(我目前正在读的巴什拉和杜博丝的书就是如此)。他们身上有着和勃艮第白葡萄酒一样让人产生醉意的阿拉蒙葡萄所带来的文学上的兴奋。在《水和梦》、《空气和梦想》这样的好书里有着各种各样不同的观点,这些书由那些根据各种标准挑选出来的例证所支持——在杜博丝的《日记》里，雪莱诗歌中的特质意外地为杰拉尔·德·乌维勒夫人诗歌中散发出的品质深深吸引。

* * *

深深留在我记忆中的浪漫主义美景之一是里尔克[①]在《马尔特·劳里茨·布里格手记》中提到的丹麦的景象。这个内容无人涉及，人们只是谈论那个困扰着他的半鬼怪的家庭：紧紧包裹住杏仁的是读者的精神分泌出的杏仁壳，出现任何东西都可以引起幻觉。爱伦·坡在《于斯贝尔之家》里使用了颠倒的假象的刺激（大量使用）。相反，在这部作品里，读者的想象已经明确甚至几乎确定了客人们唯一一次出现在住所时所表现出的奇特之处。让我们有所怀疑的是大多数小说家违背了两条相互联系的小说创作原则，写出了太多平庸的作品。这两条原则是"告诉我你是谁，我会知道你住在哪里"和"告诉我你常去的地方，我会知道很多你的情况"。如果说我应当罗列出这两条原则，这是我为自己的小说很少涉及"心理学"而找的借口。和真实世界的模式不同，连成一片却没有连贯性是小说世界隐秘的生活模式：无论何时，无论何种情形，小说中的一部分都足以引出全部。

* * *

视听时代的半文明化（或半野蛮化）。我收听收音机或

_____

① 里尔克（Rilke，1879－1926）：奥地利著名诗人。

观看电视上众多听众、观众参与有奖问答节目时，往往会惊讶于答案的正确率，这个比例远远高于 50 年前类似的节目。但同时我也发现这些散乱的知识点根本无法形成一个紧凑的知识网络。我不禁会把这些知识的拥有者和地图的绘制者联系在一起。后者画出了无数个点，却不知如何用水平曲线把这些点连接起来。

*　　*　　*

并不是它没有结出应季水果般珍贵的、人们四下寻找的果实，但是它不再开花已经有很久了。人们像对伊甸园里的禁果一样对这些水果产生了兴趣：甚至对连爱都无法孕育出的知识也产生了兴趣。

*　　*　　*

蒙泰朗①。我在路上或是伏尔泰河岸的饭馆里与暮年的蒙泰朗擦肩而过时，他的目光似乎清楚地在对我说："是的，我已经年老体衰了，我毫不隐瞒。但我仍然高于你，高于任何人千里之遥。为了阻止人们用喇叭四处宣扬，全世界串通一气。"我不止一次地想到垂暮之年的他应该日益持久地坚韧、精神振作，因为他从未放弃写作。他就像一个注射吸毒的瘾君子，笔下淌出的句句文字对他那根对酒精有着极强抵御能力的神经而言就是一剂兴奋剂：人们在他似乎带着醉

① 蒙泰朗（Montherlant，1895－1972）：法国作家，著有《梦》、《斗兽》、《奥林匹克运动会》。

意的、通红的目光中看到了咄咄逼人甚至有些疯狂的挑衅，他好像在酝酿最后一部作品。

* * *

人们很可能会因为从众心理和精神匮乏而对某种文学产生一时的兴趣，这种感情就像喜欢用浓烈的柠檬汁调和过的鳕鱼一样。这类文学因刺耳的假音的点评而变得振奋、有味道。

* * *

艺术上存在一些忌讳，它们对意义没有影响，只是对表达产生影响。它们不是一种运动，例如不是某种无意识地抨击纯艺术的流派。但正如当代评论家莫里斯·布朗肖①所言，"文学无法接受成为工具的事实"，我认为所有人都将会同意这种观点。

* * *

文学：艺术的通灵者——语言——年复一年地受到上千万文盲的习惯用法的支配，处在不断的变化之中。要把一个人的精髓完全投入到这门艺术中去是多么疯狂的一件事啊！

---

① 莫里斯·布朗肖（Maurice Blanchot，1907—2003）：法国作家，思想家。

＊　＊　＊

拉马丁：在设置了航标并作了分类的诗歌航道中，什么都无法阻挡、无法压制情感的抒发和倾诉（今天我们已经不太喜欢把它们称作诗歌）。它就像夏威夷火山的熔岩无意间流到了火山锥平坦的侧面，滚滚向前，没有发出一丝声响。在流淌的过程中没有凝固，每一个字词，一旦踏进熔岩之中，就似乎失去了质量和密度。

这是诗歌耳鸣的——暂时——胜利，词的力量已经简化为意大利歌剧咏叹调的歌词了。就好像歌舞剧剧作者要让自己的语言调味汁适合音乐家的苛刻口味要求一样，先有句子的旋律、句式的流畅、诗的断句，然后才有文章中能让人读懂的冗长的废话。有人说这两者在方法和手段上都存在基本的误解，但我相信语音的音乐性在某种程度上和音乐家的音乐是有可比性的。诗歌似乎不是被潦草地写在一张白纸上，而是写在一张乐谱上，和门德尔松的作品一样，内容丰富感人，但形式上略显缺乏变化。

只有在感受力不断变化的时代，尚未成型的情感推动力能够激发公众某种异乎寻常的渴望，这样的时代适合让松散的诗歌流行开来。在导体方面，刚刚出现的新的颤栗并不苛刻，在一段时期之内最差的车辙都能成为通车的道路。《超现实主义革命》里充斥着通过自动写作完成的诗歌，充斥着布尔什维克主义诗歌式的朗诵和不堪卒读的梦的故事，这些诗在当时似乎根本无法和布勒东、艾吕雅、阿拉贡的作品同日而语。

总之，之前令人诧异而今天非常不幸的拉马丁诗歌的命运似乎是感知文学时代的典型例证。这个时代,需求的渴望大于供给。当象征主义时代开始时——这时质量上乘的供给等不及自发需求的机会出现——波德莱尔、魏尔伦、洛特雷阿蒙、兰波、马拉美不得不用几乎一个世纪的时间辛辛苦苦地陶冶、教育大众,让他们最终认同自己。我们要注意到在文学史上,在通货膨胀引发的繁荣和掠夺名誉的缔造者相互更替的历史上,不能采取这种做法,因为大众会贪婪地吸收所有和他们的期待相同的已经发表的作品。在这个衰退的时期里,由于没有需求,"许多花朵"——提前或推迟——"勉强在深深的孤寂中散发出淡淡的香气"。

* * *

可是……

我一点也不喜欢这位诗人(我很少这么说),他有一首诗已经不太像他本人的风格,这首诗每过一段时间就出现在我的脑海里。这首诗的意境和意义都不算上乘,但经过简单的字词组合之后却传达出了一种动人心魄的和谐:

Tes jours , sombres et courts comme les jours d'automne
(你的日子,如秋日般阴郁短暂)

这句诗的魅力何在? 首先显然在于在一定间隔下重复 our 音而产生的低音部充分、连贯的延长。这个音前后交错,但第二次出现的间隔时间较短,补充了另外一句的曲折——om,omne 两个同一词族的音,前者更为深沉,后者较为清亮,这两个音指出了最大的间隔符点。在水平线的平稳度和音调曲线的轻盈变化完美交错中,以 automne 一词作为全句的结束。automne 中同时包括 au 和 om 两个元音,但又不完全相同,让整个句子在结尾处上了一个台阶之后回复平静。这个台阶和居中的音值代表了两条冲突的声线。四个音值成全了这个声调和谐平衡的小小奇迹。

　　这个一时兴起的分析只对我有意义,别人完全可以做出相反的分析。乐谱上有"元音的十四行诗",但没有字词音色的位置。无论如何,在诗歌的音乐性上,我都一直紧紧拽着那根我努力勾勒出的线,目的是让它经受住任何考验,永远对读者的任何感受力产生影响。这是基于读者抗拒含糊、晦涩、难懂的诗歌而言的。

＊　＊　＊

　　已经有作品问世的作家是根本无法想象画家和画家卖出的画作之间的关系的。作家的作品——一少部分——都会翻印成千上万册,而画家的作品大多数情况下都是唯一的。画家会想办法再次见到他们的作品吗? 他们会忘记自己的作品吗? 他们在漫漫的商旅途中会追随自己的作品吗? 还是相反,他们会像扔下漂流瓶一样逐个丢掉自己的作品吗? 在我看来,画家身上,即便是没有完全剪断的脐带(只是出于心理安慰和精神的自由)也比作家的脐带松弛,我觉得迈上两步就可以走到摆放着作家作品的书架前。画家真的像印象中那样对于拥有自己作品的人毫不在意吗? 尤其让我感到好奇的是,画家最重要的作品被他的圈内对手所拥有的例子,毕加索就得到了马蒂斯①的那幅

———————————

① 马蒂斯(Matisse,1869-1954):法国著名画家,野兽派的创始人和代表人物。

橘子静物画。画家的作品每天毫无防备地、近距离地被人观赏，要面对最凶残、最不怀好意的欣赏者，被这样的崇拜者揭发，还要面对言辞夸张、带有诋毁性质的评价，与此同时又慢慢靠近别的画作，但根本不知道是些什么作品，也不知道有什么不可告人的意图。面对通过消极的样本而变得异常脆弱的对手，这种邪恶的迷惑手段目的何在？有谁知道呢？我觉得这里面有维利耶①式的凶残故事和爱伦·坡式的奇特故事的手法。

* * *

对梵高的反感（仰慕的）里有我对贝多芬的疏远和面对阿尔托②时所感受到的疏远。

* * *

基里科③的《玫瑰塔》，巴黎橘园博物馆的古根海姆展览。几个截然不同的元素有助于更深地理解想象中画作所带来的顿悟。广场上，地面微微内弯并且无限延伸出去，这是宇宙的弯曲，是球面的弯曲部分。通过这个极具表现力的简单造型，人们的视野里完全是这幅作品。正居中心的光线让这幅画熠熠生辉：日落时玫瑰色的光线全部照在画面中央

---

① 维利耶（Villiers）：法国 19 世纪著名作家。
② 阿尔托（Artaud，1896－1848）：法国戏剧理论家、诗人、著有《戏剧和它的影子》、《生命的新发现》。
③ 基里科（Chirico，1888－1978）：希腊裔意大利人，形而上学画派的创始人之一。

的塔上。突然间，大脑把粗糙的粉刷层的玫瑰色和日落时的玫瑰色画上了等号，这不禁让人猜想这个在对光线有着严格要求的前提下出现的建筑物是否只是在某些特定的时间里才会显圣般地呈现。这座塔是城市浓缩的象征，城市的边界上还有一些纪念性建筑物（拱廊和骑马雕塑），广场深处有几间茅屋，说明那里已经是乡下了。穿过广场，不知多远处，就是无人地带了。越过让画作在深度上变成梦一般的边境线，在醒过来的梦不真实的静止中传来了敲打两个世界之间的门的声音。

这的确是一幅出色的作品，它和许多意大利的乡村风景画一样让人产生无限的遐想（我对用洋蓟、手套、线圈装饰的光头模特的表演毫无兴趣，我惊讶于布勒东的《孩子的头脑》里呈现出的基里科，这幅画一直挂在泉水路的墙上）。除了有一幅作品值得参观的基里科、美丽的玛格丽特（《男人的帝国》）、马克斯·恩斯特的城市（并非最美的一个城市）、两三幅唐吉①的作品之外，其余的我都不喜欢。在我看来，立体派就如同废弃的火车站一般灰暗，好像蒙上了一层厚厚的灰尘。我觉得立体派似乎已经离我们远去。逝去的岁月已经无法留住它那些新的财富，已经无法留住那些分歧和拒绝。人们认为天平上的第一个托盘太轻了。

* * *

由于形势，我们只能偶尔碰到一些我们所钟情的女性，她们毫不张扬甚至让人难以察觉的魅力正在于她们的庄重。

---

① 唐吉（Tanguy，1900—1955）：法裔美国超现实主义画家。

这种魅力让人心境平和,给人带来愉悦。但我们不会频繁接触这样的女性,是为了让这种冷冷的、不甚稳固的魅力不要在记忆里消失和变质;在放弃这种女性之前,人们会厌倦于每次都要重新爱上她们。为了积聚内心的热情,为了战胜自己的熵,为了让这种爱开花,就要保护家庭关系甚至是同居关系。对于这种由爱产生的联系所带来的不幸,患萎黄病的爱出现了。偶尔在露天里进行的有益身心的交合是不会让这样的爱走到尽头的。纪德和他表妹的婚姻尽管奇特,但却是最让人难忘的例证。

* * *

瓦格纳的工作室。创作活动正面取得进展;《罗恩格林》刚刚完成;《帕西法尔》已初露端倪;即将蛰伏 30 年的《帕西法尔》注定是最后一部作品。《名歌手》和《特里斯坦》两部歌剧仿佛一对假冒的双胞胎同时声名鹊起。而他的《四部曲》在创作初期就不断被延展,张开了他一生中的宇宙脉络。在一个艺术家的一生中没有什么比设计师狂热、统一的压力更离奇的,他的压力似乎不断地被一个什么事情都爱管的包工头的琐碎工作所奴役。

* * *

拍摄歌剧的导演(《唐璜》、《卡门》、《茶花女》、《帕西法尔》都被拍成电影,《奥赛罗》也将有电影版,这是近几年电影业的最大变革)想通过运用当今科技赋予的娴熟特技,再加上歌唱和声响的纯净、演员良好的外形、表演的质量

以及真实的自然风景和布景设置多种手段拍摄出优秀的歌
剧电影。但是当导演表明自己这种颇为引人瞩目的意图
时，并没有注意到与此同时，在露天和封闭的戏剧空间之
间已经形成了一种隐秘的矛盾，这是持续不断的不安、纷
扰的起源。意大利歌剧《咏叹调》让颤动的环境依然坚固，
但受到限制的整体在自己周围结晶，结晶体的大小和声音
的穿透力相一致——《唐璜》中，沼泽地的广阔风光和巴洛
克式的花园四散开裂，神秘的力量瞬间消失，充满活力的
歌声的魔力在密闭的水泡里聚集起来。尽管西贝尔伯格①
有着极端的成见，但他拍摄的《帕西法尔》对背景的解决还
是非常引人入胜：他不用任何远景（远景中的音乐强度会
减弱），并且在不同的时候在瓦格纳面具的平坦之处和有
褶皱的地方支起帐篷。这种做法在音乐剧中的每一时刻都
留下一个容易弯曲、可以撤换的栅栏，而且让音乐剧可以
抵御四处吹来的风。这些都是以《唐璜》中风景之美和建
筑物之美为代价的。

＊　＊　＊

　　昨天我又看了电视上播放的罗西②执导的电影版《唐
璜》。我无法理解人们对达·彭特撰写的《唐璜》脚本的好
评：无论是羞怯的情人奥达维欧还是艾维勒和安娜这两个哭
丧女，在电影镜头里都没有能够吸引观众的眼球。在剧本的
情节发展中，这三个一直哭哭啼啼的角色没有任何意义。她

---

① 西贝尔伯格（Syberberg）：德国导演，代表作品有《圣多明戈》、《帕西
　法尔》。
② 罗西（Losey，1909—1984）：美国导演、编剧。

们尽管出现在舞台上,但只是用自己的啼哭声装点舞台,就像是舞会上没有舞伴而站在一旁观望的几个妇人。而本应是全剧出彩之处的唐璜和泽尔琳娜互相赞美的二重唱片段也有些类似韵文讽刺故事里的混乱场面(相比之下,莫里哀在这方面的优势非常明显。他以戏仿的笔调,在一幕剧里就完成了献给粗俗和土气的供品)。1789 年之前的剧本里描写的泽尔琳娜和马赛托的故事经过加工发展成《可怜的雅克》和《王后的小村庄》,并且非常奇怪地被排成了类似《费加罗的婚礼》的歌剧,但在不知不觉中把平民受到不公正待遇的情节改成了通知拥有初夜权。莫里哀戏剧中枯燥、乏味、紧张的线索——但总体令人赞赏——在这里被 18 世纪末的感伤气氛从头至尾(最精彩的最后一幕除外)所稀释。即便它产生的影响要在一段时间后才能显现出来,但格鲁兹①、写出《乡村卜者》的卢梭、特里亚农的田园诗和让人落泪的歌剧都受到了它的影响。

* * *

随着传统的礼拜仪式渐渐远离,我发现了仍不断在我脑海中回响的拉丁圣歌和旧弥撒文的新魅力。和第二次梵蒂冈大公会议时期出现的乏味小调数量几乎相当,这些圣歌和弥撒文在被翻译之后就被教会抛弃。这一举动的确疯狂。但是把在昏暗地窖里珍藏了十来个世纪并且经过乳香熏香过的葡萄酒的香气和甘美奉献出来之后,古老的拱门也结束了自己的使命。处于顶峰的某种文化语言的高贵和

---

① 格鲁兹(Greuze,1725—1805):法国画家。

自信所无法接受的东西，不纯正的用语，曾极度衰落但在
中世纪时又重新兴起的拉丁语在句法上的粗俗，都大量赠
予它们；一种对我们而言唯一的东西被贫瘠和极度衰老的
颤抖的声音所折磨，这个唯一的东西被损害、受欺辱，笨手
笨脚地在努力歌颂灵魂和感知的化身。

　　　　Et antiquum documentum
　　　　Novo cedat ritui①

　　浮图纳的这些圣诗之所以让我感动并非由于其中洋溢
着君士坦丁的胜利语调，而在于它使用了军营、法庭和古罗
马广场古老的拉丁语。这种语言和《圣经》中年老的西面一
样苍老，西面在具有神性的摇篮旁俯下身子，用衰老的声音
祝贺人类一个崭新生命的诞生。
　　应该承认，这些圣诗各具魅力。我心甘情愿地把痛苦主
义的圣母痛苦歌扔给主教会议，因为我认为它不仅不够古
老，而且很遗憾地和朝圣以及圣心教堂旁艺术品商店里的圣
母玛利亚圣歌非常相似，也许我的这种想法并不正确。圣母
赞歌、感恩赞乐曲和安魂弥撒的末日经一并构成了格列高利
圣诵的主要框架；我个人认为《弥撒曲》也是其中非常重要的
一首圣歌，歌曲中传达出一种玄妙的热情和神学的狂热：这
首主张原教旨主义的圣歌宣告了30人主教会议的严格。相
反，没有一首圣歌比《王旗向前进》的旋律更显得可笑和土
气。一听到这首圣歌我就会想起手摇弦琴演奏者和奥弗涅
布雷舞曲的步伐。也许正因如此，在巴布图的路上随处可以

_____

①　古老的教诲让它有了新的用途。

听见卡特利诺①和拉罗什雅克兰的士兵嗡声嗡气地唱着这首歌。但我更喜欢的是《少女圣歌》和《复活节圣歌》，这两首歌是为女性歌唱者所写的：《少女圣歌》节奏轻快，充满欢乐的气氛，所有人都会被三个玛丽清晨时分的兴奋心情所感染；《复活节圣歌》既让人沉思又显得冲动，因其节奏不连贯，有着长长的休止符和奇怪的多余旋律而有些特别。

　　波德莱尔比其他任何人都更能感受到"语法错误和语言的不规范让故意的疏忽变成忘我激情的神奇语言"的魅力。他认为与那种表达"现代世界所理解和感受的激情"的语言相比，这门语言更加纯净。不论这是真是假，我认为《颂赞经》中考究的笨拙和巧妙的不自然，从各个方面来看都是一首可以和《恶之花》最精彩的部分相媲美的诗。我非常喜欢这首诗，喜欢它的表达手法，也喜欢它其中所包含的精神基调。它就像一片治疗体弱多病的韵律学和语言的药片。波德莱尔采用和安魂弥撒的末日经相同的三拍节单韵诗，出色地表现了基督教圣歌所没能展现出的韵律美。通过破坏韵律从而形成和拉丁语相同的词尾（想想看韵脚和圣灵出现的神奇一起第一次出现）让词尾有种钟声般神秘、深沉的庄严感：

> Quum vitiorum tempestas
> Turbabat omnes semitas
> Apparuisti，Deitas②

---

① 卡特利诺（Cathelineau）：与下文中的拉罗什雅克兰同为旺代叛乱中的领袖。
② 在罪恶的风暴蹂躏所有的土地时，神，你出现了。

天主教一大部分的墙体（它并非唯一一个）准备向博物馆的观点倾斜，并且准备提高我们只有通过回顾、通过悲怆的文笔才能拥有的不断增长的财富。与此同时，天主教还增加了对我们来说越来越诱人的远景魅力。这些半古老半粗俗的诗歌突然脱离了现代感，丧失了祷告中一贯的担忧，现在或许可以走向真正的情感生活。这种生活要想完全真实，对我们其他现代人来说似乎就越来越需要接受救济的来世，这本身也是博物馆的快乐所在。

* 　 * 　 *

古老的拉丁语散文 Te lucisante terminum① 让如今已经消失的有关感受力判断的回忆重新复苏：隔代遗传的恐惧在走进地狱大门的瞬间苏醒过来。

对我们来说——长期以来，"黑色并非如此之黑"——没有什么能让那些应该属于古老夜晚或中世纪夜晚的东西更好地复活了：那是浓缩的黑夜，没有一丝光亮的黑夜，凶残的黑夜，是突然放开的一种统治，到处是梦魇和女妖，他们和着子夜巫魔会的舞曲，穿过了《危险风景》。风景中所有的护拦，所有开辟出的道路在一瞬间被无数双手脚毁坏——庸俗平凡的祈祷断然拒绝梦一般来历不明的面包，同时也祈求每天都能得到一块面包。没有什么比这样的祷告更能让光线刚刚消失时的恐惧重现。

---

① 你，在天黑之前……

＊　　＊　　＊

　　展现这个世纪后 30 年相对贫困的确凿证据之一是评价者乃至熟识或陌生的现代仲裁人的消失,我们有时甚至能强烈感受到他们的消失。从他们那里我能够或多或少更好地了解我的某部作品,这种反馈往往是非常准确的。从这个意义上讲,我可以信赖他们。自从布勒东、瓦莱里、马尔罗和莫里亚克去世之后,也许还要加上纪德,对我而言,类似这样的参考也就不复存在了(我对我所欣赏的那些在世作家的意见并不太在意,他们并不关注自己责任田之外的风景)。当然这其中有他们日渐衰老的原因,这些固定的参考约定俗成地都是早就被人崇拜的先辈们的参考。但不仅仅只是衰老的问题:比如加缪,他远不是我所熟悉的那片灯光中的一个亮点,像他这样的后辈小弟的观点在必要时也并非无足轻重。1986 年如果我要出版一本新书,同行里几乎没有一个人能让我内心暗暗渴望——无论他们是朋友还是对手——得到他们的评价:对我而言,那是徒劳无用的评价;对时代而言,也有些令人遗憾。因为这些既组织严密又很公开的评价者是依靠内心信念维持的,尽管作为裁判的他们非常自我。即便不是社会中坚,他们中至少有一部分人也是文学领域中的优秀人物,但如果盐没有了咸味……

　　问题是:为什么这样的评价总是而且顽固地针对作家,且仅仅是其他的作家,而从不针对评论家和喜爱读书的人。长此以往会让人觉得这就是他们作出的评价。对于画家,只是别的画家呢? 我想对于音乐家而言也是如此(与波德莱尔相比,看看瓦格纳、德拉克罗瓦漫不经心的举止就知道了)。

如何严格识别这些彼此不相上下的人？有着精湛、完善技艺的手工艺术被当作音乐和绘画一样对待，经受住了业余者不专业的技术考验。所有这些评论家、受到文学启发的行家都会运用语言、会写作……也许，尽管作家面对自己的职业表现出从容和潇洒，但仍然固执地认为进入文学世界就像走进了一个封闭、有规则的同业公会。就像骑士有授予骑士称号的仪式、斗牛士有抉择权一样，作家应该适应的环境需要通过严格的专业支持并得到认可。我一直惊讶于莫里亚克在职业进程中所认可的准入文章的重要性。这个被推向极端的观点让代表作像在以前的旧行会里一样，变成由行业中受到认可的师傅授予的标记，在文学王国里以潜伏的状态四处游荡：这种观点尽管可笑，但却在近一个世纪的时间里让诗人们定期选出"诗歌王子"，而从来没有人真正把这件事当成加冕。总之，在文人身上，在要求得到评价的自由和无限的风度之后，也许我们能看到一丝得意的痕迹：加入团体要经过考验；对行外人吹毛求疵；前成员之间的关系十分隐秘。这不仅仅是"职业"：当作家的内心开始寻找能为其真正价值担保的担保人时，他仍然怀疑他是否还是行会成员。

在由另一位作家授予光荣称号的作家中，最著名的例子应当是巴尔扎克在其发表于《巴黎杂志》的长文中对司汤达的认可了。巴尔扎克觉得他面前有一本巨著，他不知道为什么。在《巴玛修道院》里他只看到了一幅威严的历史巨幅立像，那是神圣同盟成员意大利的一个小公国。作家完全没有或者几乎没有深入涉及那些在我们看来是全书真正魅力所在的东西：那淡淡的、沁人心脾的醉意从书中弥漫开来，仿佛这本书是一瓶不易储存的葡萄酒。但它是怎么变成一瓶葡萄酒的呢？之前从未有过任何这类小说的例子。与难以比拟的第一个典范相比,司汤达远不是什么创造者。别忘了,《红与黑》还有一个副标题:1830 年纪事。如果《巴玛修道院》也有一个副标题,那一定会让 1986 年的司汤达式的作家惊慌失措。因为在这本书之外,尚未完成的《吕先·勒旺》乍看上去的确是"最调皮的国王"的君主政体下氢氰酸般尖刻的编年史。司汤达以一个被辞退的公务员、被否定的外交官的不满写下了反对时代、反对复辟的法国、反对加入欧洲神圣同盟的作品;这种不满同时也演变成一种姿态,一种最终融入作家创作角色的沙龙;在小说的时髦场所中,经常可以接触到这类角色,读者对他们的口才、言谈和讽刺都非常熟悉。对同时代的作家来说——对巴尔扎克来说——有一个出现在他面前,没有引发争论的同一水平的作家。别忘了,即使 1840 年司汤达在巴黎的"名声"还不够振聋发聩,但仍比他在文学领域里获得的声望大得多。没人想到梅里美的 H. B 这首无耻、放荡、包含嘲讽的寂静主义爱情诗一旦从报刊上撤掉之后就没人能再看到了。因为这首诗揭穿了那个为人熟悉的经过精心描绘的巴黎形象:来自维也纳的梅特涅①拒绝了许可证书。只有时间能够让果壳脱落,把在我们看来是杏仁的东西呈现在我们面前,这个东西就是对爱的感受的奇特之处。当然司汤达在世时并没有得到赏识,因为他并不真正属于那个时代,他既落伍又超前——说落伍,是因为他有着 18 世纪文人的气质;说超前,是因为他的作品有着唤醒大众的浪漫气息。司汤达不被赏识的另一个原因在于他希望通过让一个已经存在的形象风靡开来这样一个不可能完成

---

① 梅特涅(Metternich):奥地利人,19 世纪著名政治家、外交家。

的任务而名声大震，而在这之前，马利·亨利·拜尔已经是一个确定的、为人熟悉的形象。他的读者或许只是那些幸福的少数人。之后随着更加短暂的调整期一同重新出现的是普鲁斯特。

我对科克托所倡导的作品要以一个"名词"开头的方法的有效性提出质疑。这一方法很快在巴黎流传开，司汤达和普鲁斯特也曾效法。

我重新回到巴尔扎克对司汤达的"赏识"这个问题上来，这是个不同寻常的事件。因为这是一个享有盛名的长者对一个"有才华的孩子"的赏识。这个孩子有可能成为长者的对手，但他没有时间。任何评论家——当时正是圣·勃夫流行的时代——都不能为司汤达地位的奠定带来同样的光芒，即便当时司汤达没有太多的读者。作为发射装置，让作家的作品有巨大发行量的狂热读者与敷圣油的神甫在人群中指定选民两者之间没有可比性。庄严的指定需要肃静，因为即将献身的人的额头上有一个记号，而且他也不从事裁定工作。

图书在版编目(CIP)数据

路/(法)格拉克著;刘静等译.——上海:华东师范大学出版社,2013.7
ISBN 978-7-5675-0597-1

I.①路… II.①格…②刘… III.①散文集-法国-现代 IV.①I565.65

中国版本图书馆 CIP 数据核字(2013)第 079290 号

华东师范大学出版社六点分社

企划人 倪为国

CARNETS DU GRAND CHEMIN
by Julien Gracq
Copyright © Librairie José Corti, 1992
Published by arrangement with LA LIBRAIRIE JOSÉ CORTI through Shin Won Agency. Co.
Simplified Chinese Translation Copyright © 2013 by East China Normal University Press Ltd.
ALL RIGHTS RESERVED.

上海市版权局著作权合同登记 图字:09-2007-575 号

路

作　　者	(法)朱利安·格拉克
译　　者	刘　静　韩　梅
责任编辑	高建红
封面设计	姚　荣
出版发行	华东师范大学出版社
社　　址	上海市中山北路 3663 号　　邮编　200062
网　　址	www.ecnupress.com.cn
电　　话	021-60821666　行政传真　021-62572105
客服电话	021-62865537　门市(邮购)电话　021-62869887
地　　址	上海市中山北路 3663 号华东师范大学校内先锋路口
网　　店	http://hdsdcbs.tmall.com
印 刷 者	上海景条印刷有限公司
开　　本	889×1194　1/32
印　　张	6.25
字　　数	125 千字
版　　次	2013 年 7 月第 1 版
印　　次	2019 年 3 月第 2 次
书　　号	ISBN 978-7-5675-0597-1/I·969
定　　价	48.00 元
出 版 人	王焰

(如发现本版图书有印订质量问题,请寄回本社客服中心调换或电话 021-62865537 联系)